うたの揚力

現代短歌鑑賞
一五五首

三井 修

砂子屋書房

うたの揚力　*目次

装本・倉本　修

うたの揚力

——現代短歌鑑賞　一五五首

はじめに

二〇一六年の一年間、砂子屋書房のホームページ上に「日々のクオリア」という一首評のページを担当させていただいた。この『うたの揚力――現代短歌鑑賞 一五五首』はそれを一冊に纏めたものであるが、一部書き直した部分もある。

連載は隔日とは言うものの、一年間の長丁場なので、始める前は不安もあったが、思い切って引き受けて、書き始めてみると意外と楽しい作業であった。

取り上げた作品は現代歌人の出来るだけ最近の歌集から私の印象に残った一首を引いて鑑賞し、それ以外の作品も原則三首紹介した。ただ、私の執筆後、その中の清水房雄さん、柏崎驍二さんが亡くなられたことは残念である。

なお、連載中はさまざまな制約から校正が十分でなかったが、この一冊に纏めるに際し、正確な表現、引用を期した。

逆立った髪の先から燃えてゆく裸になった白いろうそく

福島泰樹『空襲ノ歌』（二〇一五年、砂子屋書房）

現代歌壇で独自の立場を保つ福島の第二十八歌集からである。その前に出た『焼跡ノ歌』と対をなす歌集である。

この作品には「その裸身が　白いローソクになった　鳴海英吉「五月に死んだ　ふさ子のために」」という文章が詞書風に付いている。鳴海英吉は詩誌「列島」に拠り戦後詩を切り開いた抑留詩人である。

「白いろうそく」は昭和二十年三月の東京大空襲で焼夷弾によって焼き殺された作者の姉であろうが、同時にそれは当時、日本中にいたはずの、同じように空襲の犠牲となって焼け死んでいった何万人もの「不特定多数の姉たち」でもある。福島は単に個人的体験を歌っているのではない。残酷でかつこの上なく美しい強烈な視覚イメージを提示することによって、空間を普遍化し、更には時間をも普遍化している。

福島は昭和十八年の生まれである。翌十九年に母が死去。それも一年前に福島を産んだ同じ病室の同じベッドで亡くなったという。そして二十年三月の東京大空襲、この時、福島は満二歳である。記憶はないであろう。しかし、福島はまるで目の前に見ているように歌っている。そのインパクトが現在の日本の進もうとしている方向に激しい警鐘を鳴らす。美しくも残酷な作品である。

枕木が焦げていますわ桜木が真っ赤に燃えて吹雪いていますわ
噛み砕く氷の　八重歯わかければまばゆく夏は耀い居たり
時代という暗い波濤に灯を送る灯台みたいな人であったよ

2016/01/04

和紙の上跳ねる蘭鋳《らんちゅう》あかあかと鮒ゆ進化の果てを腫らして

大野道夫『秋意』（二〇一五年、本阿弥書店）

大野道夫は竹柏会「心の花」編集委員であり、社会学者でもある。現在は大正大学で教鞭をとるが、母校の東京大学本郷短歌会顧問も務めており、社会学の立場から短歌結社を分析した『短歌の社会学』、『短歌・俳句の社会学』などの著作もある。

大野の第五歌集『秋意』はいたるところに修辞と暗喩が潜んできて、それが読み解けると楽しいが、それだけに、多少難解な作品もあった。その中で、掲出歌は比較的判りやすい。

金魚は鮒の突然変異の中から橙色の鮒を人為的に選択して交配を重ねた結果生まれた観賞魚である。その中でも蘭鋳は肉厚で背びれがなく、頭部に肉瘤を発達させている。因みに、その頭部の肉瘤がライオンを思わせることから英語では「ライオンヘッドゴールデンフィッシュ」と言うらしい。それはまさに「進化の果て」としかいいようがない異様な姿である。

「果てを」あるいは「腫らして」というところ辺りが禍々しい印象を与え、社会学者大野の強烈な文明批判が感じられる。人類の進化の果てがかかる異様な生物を生み出したのだ。そして「和紙の上に」というところに、その文明の進化の果ての禍々しさが、まぎれもなくこの日本の上に起こっていることを暗示する。

百円で夜の古本屋ゆ救いたるわが処女歌集素裸のままに
十字路にさざ波は立つ湖のなき東京で君に会う夜は
かたつむり登り切るまで待つ窓を滲ませ循環バスはまた来て

2016/01/06

松や春　就職決まりし子の一生《ひとよ》を見渡すさびしさかつておもはず

米川千嘉子『吹雪の水族館』（二〇一五年、角川文化振興財団）

米川千嘉子の第八歌集『吹雪の水族館』は歌の先輩や仲間を追悼する作品が多かったが、一方で、息子の歌も多かった。歌集から推測すると、息子は大学を卒業し、就職して、関西の方に赴任したようだ。

現代では転職は特に珍しくはなく、企業側も新卒採用と並行して既卒者、経験者の採用も行っているが、最初から転職を前提として就職する人はあまりいないであろう。殆どの人は就職する時点ではその企業に「骨を埋める覚悟」（古い言葉だが）だと思う。即ち、人生の残されたバリエーションはその企業の中での職種（営業、製造、総務、財務等）、勤務地、それに昇進しかない。それはその人の一生をほぼ見渡せるということである。そしてそのことは本人以上に親が強く感じることなのかも知れない。

親は子の卒業前はその子の無限の可能性を信じ、その子の様々な将来像を描く。志望校に入れなかったとしても、その後の挽回は可能である。それに対して、就職が決まったということは喜ばしいことであり、ひとまずは安心感を得るが、同時にそれは、それ以降の選択肢が極めて狭くなったことをも意味する。

「松や春」というめでたい言葉で入りながら、「かつておもわず」というストレートな言葉で締めていることが読者の胸を深く突く。

細くかたく鋭いこんな革靴で一生歩いてゆくのか息子

子にはもうしてやれることなくなりて足湯に秋の陽をひらめかす

アパートに越しゆきし子は卒業しもう一度もつと出てゆくよ、梅

2016/01/08

とどかない場所あることをさびしんで掌はくりかえし首筋あらう

江戸雪『昼の夢の終わり』(二〇一五年、書肆侃侃房)

福岡にある書肆侃侃房が刊行している「現代歌人シリーズ」の一冊として江戸雪の第六歌集『昼の夢の終わり』が出た。

この一首、場面としては浴室であろう。この作品の前に「てのひらで身体をそっと洗う夜を風呂場の小窓ひかりをはなつ」という作品が置かれている。人間の手は自らの肉体の表面の大半の個所には届くが、届かないところが一つある。それは自分の背中である。そのために入浴した際、背中は誰かに洗ってもらうか、それが出来ない場合は、タオルを伸ばして端を両手で持ち、たすきのようにして洗う。或いは江戸が心に思い描いているのは体の表面ではなく、内臓のことかも知れない。内臓もまた自らのものであっても自らの手で触れることができない。掌は自らの意思を具現化するツールであるが、その意志が具現化できないところがほかでもない自らの肉体の中にあることが作者は淋しいのだ。そして、自らの肉体の中で一番手が届きやすい箇所、即ち、首筋を何度も洗うという。

自らの肉体の中で掌が届かない場所は、同時にこの世界の中で自らの掌が届かない場所とも重なる。それはこの世の中には自分の意志ではどうしようもない事があるのだという根源的悲しみに繋がってくる。そう思うと、「首筋」という言葉が生命の象徴のようにも思える。この世にどうしようもない事があるのだと悟った時に、その悲しみは自らの命、即ち首を慈しむことに帰結するのであろう。

昼の夢の終わりのように鳴く鳥のその音階のなかにたたずむ
悪いこと起こった日にはテディベアの置き場所かえてほなまたあした

夏澄みぬ孤独を恋いているわれにひらきっぱなしの耳がありたり

2016/01/11

今日もまた捨身の赤に落つる陽を山はしづかに全身に受く

伊藤一彦『土と人と星』(二〇一五年、砂子屋書房)

二〇一五年の現代短歌大賞は伊藤一彦に対して、その最新歌集『土と人と星』(砂子屋書房)、『若山牧水――その親和力を読む』(短歌研究社)と、更に過去の全業績を高く評価して贈られた。

この一首は「捨身の赤」という言葉が強烈な衝撃力を持っている。夕陽は一切のことを振り払ってひたすら落ちるしかない。落ちて山の向こうに沈むしかない。それはまさに「捨身」としか言いようがないであろう。「赤」はその捨身の色なのだという。しかし、その捨身の真っ赤な夕陽を受け止める山はあくまで「しづか」で動かないのだ。

嘱目詠と取っても卓越した技巧の作品なのだが、ここに伊藤の心境を読み取ってもいいかも知れない。「捨身の赤に落つる陽」は様々な外部の状況と取れば、それを静かに受け止めている「山」は、宮崎にあってあくまで自分の境地を頑固に守り続けている伊藤自身なのかも知れない。述志の歌とも取れよう。南国の土と人と星の光に育まれた簡潔で潔く、かつ強靭な志なのである。

入りゆけるほど人忘れ我忘る照葉樹林の暗緑の奥に
冴え冴えとあるべかりけり秋思より春愁にいたる間《かん》の冬の詩
夕さりて強き音たて降りきたる雨と宴す雨《あめ》は天なり

2016/01/13

あらゆるルートをさぐるといふが、らすかる國への飛行ルートさへも

川崎あんな『ぴくにっく』(二〇一五年、砂子屋書房)

『ぴくにっく』は変った歌集である。装幀は少し濃い目のピンク一色で、著者名、タイトルが右から横書きで箔押しされている。漢字は徹底して旧字であり、タイトルをはじめとする外来語も大半が平仮名表記である。しかも通常漢字で表記するような言葉の多くが、旧仮名平仮名表記なので、率直に言って、結構読みにくい。その分、読み流すことが出来ず、一首一首立ちどまって考えながら読んでいかなければならない。多分、それが作者の狙いでもあろう。

掲題の一首、この作品だけ取り出してもでは状況が摑みにくいであろうが、前後に下記のような作品が置かれている。

身代金としてにほんこくに發信の72時間以内に200000000本の人參
道のかたへ置かれてありしはひとらしいもののかたちの　だからといつて
恐るおそる遠巻きにして覗き込むひとびとのみな前屈みなる

これらの前後の作品から、掲題の一首も二〇一五年一月に起きたイスラム過激派組織ＩＳ（当時は〝ＩＳＩＬ〟と言っていた）による二人の日本人の拘束・殺害事件のことと推察される。七十二時間以内に二億ドルの身代金支払い要求を受けた日本政府は、「拘束したグループと接触するあらゆるルートをさぐる」と言っていた。更にこの一首にはもう一つ仕掛けがある。「ラスカル」と言えば、我々はテレビアニメ「あらいぐまラスカル」から、愛くるしい小動物を連想するが、英語のRascalは「人でなし、悪党、ごろつき」を意味する。それから派生して、人や動物のわんぱく者、悪戯者などの意味をも持つ。アニメの名前は多分、この派生的意味から名付けられたのであろうが、ひょっとしたら作者も「らすかる」の一義的な意味を念頭に置きながら、こう言ったのかも知れない。もしそうであれば、作者はこの作品で日本政府の泥縄式対応と共に犯行グループも非難しているようだ。

このようにこの歌集には、いたるところに巧妙な仕掛けがあり、それらを読み解くと、この歌集が現代社会や文明への厳しい批判となっていることに気が付く。

2016/01/15

ふくませしロタワクチンをみどり児が飲み込むまでをわれら見守る

山村泰彦『六十余年』（二〇一五年、本阿弥書店）

著者は亡父・湖四郎氏が昭和二十八年にその師若山喜志子を顧問として信州松本で創刊した結社「朝霧」を継承し、現在は主宰を務め、長野県の歌壇をリードしている。実生活では、松本市内に小児科医院を開業している。歌集タイトルは医師になってから六十余年目になることに拠るようだ。平易な文体で日常の様々なことや旅先のことを歌っているが、とりわけ、このような小児科医として乳幼児を診察している作品が印象に残る。

近年では、産科と小児科は医療事故で訴えられるケースが多いので、若い医学生の中で志望者が少ないと聞く。しかし、作者は長く地域の小児科医として親しまれているようだ。親子二代にわたって「山村先生」に診てもらった親子もいるに違いない。昭和四年生まれとあるからもう八十代も後半で、温和な人柄であることも加えて、小さな子供たちに恐怖感を抱かせないのだろう。

乳幼児に嘔吐や下痢を起こす感染性胃腸炎の主要原因がロタウイルスであるが、ロタワクチンとはそのロタウイルス感染を予防する経口ワクチンである。母親から受け継いだ免疫が無くなる頃に接種するので、対象は文字通りみどりごなのであろう。大人と違って自分の置かれている状況を理解できていないから、みどりごは突然自らに降りかかった「災難」を必死に回避しようとする。泣き叫んで、口中の「異物」を吐き出そうとするのであろう。大人たちはそれを取り囲んで、宥め透かして何とか飲み込ませようとする。「大人たち」とは医師、ナース、親たちである。何人もの大の大人が一つの小さな命を取り囲んで固唾を飲んでいる。読者もまた「われら」の一人となって、そのみどりごがワクチンを飲み込むまでを固唾を飲んで見守っているような気持になってしまう。少しユーモラスな光景であるが、同時に、とても暖かく優しい光景でもある。

誤診またミスせぬことを念じつつ午前九時より診療始む
一本づつシールたしかめナースらはワクチン接種の準備はじむる
ワクチンの接種受けたるをさな児がシールもらひて笑顔に戻る

2016/01/18

卵黄を白パンをもて拭うときよべ見し夢を忘れてありぬ

島田幸典『駅程』（二〇一五年、砂子屋書房）

作者は京都大学大学院法学研究科教授で、専門は比較政治学である。高校在学中に石田比呂志に師事して「牙」で作歌を始め、同会解散後は阿木津英たちと「八雁」を創刊した。

掲出歌は朝食の光景であろう。目玉焼きを食べ終わると皿に崩れた黄身が残っている。それをパンで拭うという。それも固いフランスパンや焦茶色のトーストなどではなく、丸みを帯びた真っ白いパンで。黄色と白の色彩の対比が極めて鮮やかな印象を与える。また、ねっとりとした卵黄とふわふわしたパンとの感触の対比も感じられる。皿に残った卵黄の汚れを真っ白いパンで拭えば皿は再びまっさらとなり、まるで一日の始まりを祝福するようだ。そして、この一日の充実をも示唆する。ひょっとしたら、窓から白いレースのカーテンを通して、眩しい朝の光が差しているかも知れない。

そしてその時に思っていることが、昨夜見た夢の内容を忘れてしまったということだという。夢は「将来の夢」などと言うときは前向きであるが、睡眠中に見る夢は、どちらかと言えば過去の辛い記憶のことが多い。その場合、夢を忘れるということは過去の自己との訣別を意味するであろう。過去のことは一旦忘れて、新たに充実した生活の一歩を踏み出す。そんな爽やかな朝の光景が見えてくる一首である。

明朝《みんちょう》の小鷺が魚《うお》を狙うとき風の香を聞くゴシックの五位
神学部欠くる国立大学に樟の葉陰はひとを容れたり
下駄履きの僧侶がバスの先頭に立ちてとどまる両替のため

2016/01/20

欠けそめてゐるをさらしてのぼり来し冬十六夜のさびしき面《おもて》

石川恭子『青光空間』(二〇一五年、砂子屋書房)

月のことを歌っている。十六夜は十五夜の次の日の月であるから、ほんの少しばかり欠け始めている。夜空にゆったりと見えるので「さまよう」「なかなか進まない」という意味の「いざよい」という読みが充てられている。その後は夜毎に欠けている部分が大きくなり、順に「立待」「居待」「寝待」などの名前が付けられている。この一首もルビは振られていないが「じゅうろくや」ではなく、やはり「いざよゐ」と読むのであろう。

「欠けそめてゐる」のは月のことを言っているのだが、どこか人間のことも言っているようにも思える。現代社会では我々人間もまた、男盛り、女盛りを過ぎても、まだまだ何十年も生きていかなければならない。しかも、老いた顔を晒しながらである。それは十六夜の月と同じように「さびしき面」なのであろう。少し痛ましい気もするが、同時に美しい作品でもある。そして、それが人生の覚悟なのだとも思う。

『青光空間』は作者の第二十歌集である。この作者ももう八十代も後半であるはずだが、今も旺盛な作歌力は衰えない。女医であったと聞くが、観察は冷厳であり、それに長い人生経験から培われた鋭い感性と深い洞察が重なる。桜の花と月を多く歌う作者であり、歌集の帯にも「月の歌人」という賛辞が書かれている。掲出歌の前後には次のような作品がある。

僅かに欠けそむとかなしむ寒宇宙に月のひたかがやけるその面
いびつなる岩石としも思ふまであからさまなる冬の月球
見る人もなき大寒の月あゆみつつ煌々と照りつづけむか夜すがら

2016/01/22

旧姓と新姓われとをつかひわけ旧姓のときのびやかにゐる

上村典子『天花』（二〇一五年、ながらみ書房）

歌集名は「てんげ」と読む。夫婦同姓のありかたが議論されているが、現在の日本の民法では、夫婦はどちらかの姓を名乗ることになっており、事実上、大半の夫婦は夫の姓を名乗っている。

掲出歌、「三月三日　桃の節句　「音」が届く」という詞書が付されている。この詞書によれば、作者は所属結社「音」が届いた日にこの作品を作っている。恐らく作者は旧姓で短歌を発表しており、一方、実生活、特に勤務先の学校では新姓、即ち戸籍上の夫の姓で仕事をしているようだ。結婚前から短歌を作っている女性の多くは結婚して戸籍上の姓が変わっても、短歌作品は旧姓のままで発表し続ける。作品の連続性という意味では当然そうなる。歌人だけでなく、女性研究者の多くも、やはり研究業績の連続性の観点から旧姓のまま研究活動を続けている人が多い。作者は、届いたばかりの雑誌の自分の作品に目をとおし、そこにのびやかな自分を発見しているのだ。ひょっとしたら、その日は職場でのびやかになれないことがあって、その落差を改めて嚙みしめているのかも知れない。作者はその最新評論集『詩歌の淵源』の「あとがき」に次のように書いている。

これまでの人生の大半を短歌に係ってきた。そして、教員としずっと働いてきたが、二つのことは、格別クロスすることはないまま過ぎてきた。クロスさせないようにしてきたと言うべきかも知れない。短歌の方は、旧姓をそのまま筆名として使い、社会人としても自分とは別のパーソナリティーであろうとしてきた。

新姓で仕事を」する職場で作者は言うことを聞かない生徒、体面ばかり気にする管理職、自分勝手な同僚、理不尽な父兄などとど日夜奮闘しているが、旧姓で作品を発表する短歌の世界では、思い切り自分を発揮できて、のびやかになれるのだ。同じような境遇に置かれている多くの女性歌人が共感するであろう。

詞書のもう一つの言葉、「桃の節句」も意味を持っていると思う。女の子のお祭りの日であればこそ作者は女性として生きることの意味を深く考えている。この一首は、現代日本の女性。特に働く女性の気持ちを如実に物語っている。

逆流の胃酸が喉までのぼりくるふかく会議に負けにし夜は
父母の死亡時刻にととのへて時計ふたつを机辺に置きぬ
新雪にあづきをのせてわかちるし二歳は父と天花《てんげ》の庭に

2016/01/25

たれか死に動かぬ電車にひとびとは顔をあげずにメールを打ちぬ

尾崎朗子『タイガーリリー』（二〇一五年、ながらみ書房）

朝の通勤電車であろうか。急停車して、「ただいま、人身事故がありました。」と車内アナウンスがある。満員の乗客は顔をしかめたり、舌打ちをしたりしながら、一斉にスマートフォンを取り出し、無言のまま職場へ連絡のためにメールを打ち始める。作者もその一人なのであろうか。「メール」という小道具が現代的である。

人身事故、その多くが線路への投身自殺である。以前、日本の年間の自殺者数が三万人を超えていたが、数年前に三万人を切った。因みに、その七割は男性の由である。減少傾向にあるとはいえ、いまだに日本では小さな地方都市一つの人口に相当するほどの自殺者があるのだ。

しかし、死はやはり他人の死なのである。身を投げたひとはあくまでどこかの見知らぬ「たれか」であり、人々は偶々それに遭遇した不運を嘆きつつも、自分が生きてゆくために今日の日程の調整をしなければならない。「顔をあげずに」というところに、都市生活の無機質さと非情さを感じる。ひょっとしたら、それらの乗客の中に、やがて次の二万数千分の一の人が出てくるのかも知れないのに。

この作品の後に、次のような作品が置かれている。

死にわれら閉ぢ込められて一時間車内に沸き立つ饒舌な黙
自死に足止められしわれより申し訳なく匂ひたつ焼きたてバゲット
県別の自死者のグラフの棒を撫づかなしみの嵩にしづむ日本か

2016/01/27

歌の作者を知るゆゑ配慮あるらしき批評も聴きぬ被災地の歌会

柏崎驍二『北窓集』（二〇一五年、短歌研究社）

歌会というものは普通、作者名なしで記載された作品の一覧によって相互に忌憚ない意見を交換する。作品はあくまで作品であり、作者が誰かということによって批評の言葉に斟酌があってはならないという考え方からである。それはその通りなのだが、そうすることが常に正しいということでもないと思う。

この作品はあの大震災以降の東北地方のどこかの歌会なのであろう。配布された詠草一覧は当然無記名である。しかし、歌の内容を見れば参加者にはその作品の作者が判ってしまうこともある。家族をなくしたという作品、家を流されたという作品、職を失ったという作品、それらを見れば、参加者は作者が誰なのか検討がついてしまう。長年、少人数で行ってきている歌会であってみれば、参加者一人一人の生活の事情が判ってしまうのである。小さな歌会ならではの親密な人間関係である。ある意味で短歌とは、このような細やかな人間関係に基づく詩型なのかも知れない。

しかし、発言者は作者が判っていても、作者名には触れない。ただ、作者の気持ちをおもんぱかって、言葉を慎重に選びながら批評する。そして、歌会参加者の一人である柏崎はそのことに気が付く。

津波後を耐へて暮らせる人らなれ今日の歌会にたづさへて来つ
小窓あけ朝顔を見るといふ歌あり仮設住宅に住む人なりや
表現の技法以前のこととしてよき歌を生む作者のなにか

なお、この歌集『北窓集』は第二十七回斎藤茂吉短歌文学賞を受賞したが、残念ながら著者はその授賞式直前の二〇一六年四月に亡くなられた。

2016/01/29

生くるため不可欠なものにありし頃一丁の斧美しかりけむ

香川ヒサ『ヤマト・アライバル』（二〇一五年、短歌研究社）

この作者の歌はいつも私を困惑させ、そして納得させ、最後に感動させる。ゲルマン諸民族がヨーロッパに侵入した頃、ヨーロッパ大陸の殆どは深い森林に覆われていた。彼らは少しずつ森林の樹を伐り倒し、木の根を掘り起こし、土を耕し、種を播いて牧草を育て、それを餌として牛などの家畜を飼育してきた。究極のところ、ヨーロッパの歴史は森を切り開き、牧草地を拡大していくことの歴史だったという人もいる。彼らにとって、開拓した土地の向こう側の森は野獣や妖精や魔物が棲む異界であった。そう言えば、ヨーロッパの童話には、「ヘンゼルとグレーテル」「赤ずきんちゃん」「ピーターパン」など、森を舞台にしたものが多い。そして斧は生活に密着しており、森を切り開いて生きていくための不可欠なものだったのだ。

中世のヨーロッパだけではない。昭和三十年代前半頃まで、能登半島に少年時代を過ごしていた私の周囲でも、どこの家にも斧はあった。さすがに囲炉裏は少なくなっていたが、まだガスは普及しておらず、炊事は主として竈や七輪であったし、風呂も薪で沸かしていた。大きな木材を、乾きやすく割り、更に燃えやすく割くために斧が必要だった。まさに「生くるため不可欠なもの」だったのだ。

斧の機能は対象を切断することである。そのための構造は基本的には片手又は両手で持つための柄（主として木製）の先に重くて厚い刃（古代は石だったりもしたが、現在では多くは金属製）に装着しただけのシンプルなものである。新幹線の流線形を持ち出すまでもなく、機能性を極限まで追求すると、そのフォルムは自ずと美しくなってくる。斧の場合は、その美しさは対象を叩き切るという凶暴な機能を持ち、その機能性を追求した結果、あのようなシンプルで美しい姿になった。更にその機能は、人間に対して使われる時に相手を殺傷するという危険さを持つことを思うと、この一首が、美しさと共に危うさや凶暴さを帯びてくることに気が付く。そして、人間の歴史はまさにそのような斧に象徴されるのだ。

次次に魚料理店あらはれぬ魚料理店ならぬを探せば
灯の点る古書店　だれかの人生をどこかで変へた一冊もある
人と人こんなに近く住んでゐる互ひに厚き壁を隔てて

2016/02/01

大写しされし鯨は赤道をひとつとびして飛沫《しぶき》をあげる

外塚喬『山鳩』（二〇一五年、柊書房）

テレビの動物番組であろうか。最近、そのような番組のファンが多いようだ。家に居てはまず見ることができない珍しい動物の生態が茶の間に居て見られるとは有り難いことだ。それにしても、野生動物の生態を撮影するスタッフの苦労は如何ばかりかと思う。シナリオのない撮影だから、野外にテントを張り、カメラをカモフラージュして、何日も待ち続け、結局、撮影できないこともあるだろう。番組の中で撮影の苦労話や、野生動物撮影のために特別に工夫した機材の紹介などの話があると見る方としては楽しい。

そのような番組で鯨が海面に大きくジャンプしている映像を見ることがある。鯨が飛び上がる理由としては、寄生虫を落としているとか、水飛沫の音を利用して仲間とコミュニケーションをしているとか、餌を集めているとか、諸説があるようだが、正確な事はまだ分かっていないようだ。しかし、どのような理由にせよ、そのダイナミックな映像は見るものの心をとりこにする。

歌集の「あとがき」によれば、作者は歌集制作時に七十一歳になり、その間に母を亡くされた。退職後は結社の運営に専念し、また、短歌に関わる旅行も多かったようだが、そのような多忙な生活の中でふっと自分の人生を考えることがあるのであろう。在職中の仕事と短歌の両立のこと、現在の結社運営のこと（それには文学的なことのみならず、経営的な面も含むであろう）、歌人であった父のこと、最近亡くなられた母のこと等々、いろいろなことを思うに違いない。掲出歌は、そんなことを思いながらたまたま見たテレビの映像だったかも知れない。

何もない大海原の上にダイナミックに跳び上がる巨大な鯨、空中で体を一ひねりして、その巨体はそのまま海面に落下する。その瞬間、海面は凄まじい轟音と水飛沫に覆われる。しかもそれは赤道の上なのである。北半球の側で跳び上がり、体を捻る際に僅かにずれて赤道を超えて、南半球側に落下するという。「赤道をひとつとび」というところに壮大さを感じる。画面はそれを鮮明な映像で大写しする。それを見ている作者の気持ちはどのようであろうか。感動、慰藉、憧憬、どの言葉も当てはまり、どの言葉も当てはまらないようにも思える。

憩ふとはこころの憩ひかたはらに樹が立ちてゐるひかりふふみて
緋目高も黒の目高も水草にしんとかくれて冬をしづもる
夢なりとわかつてゐるもラスコーリニコフのやうな孤独を愛す

2016/02/03

胸より胸に抱かれ花にも風にもなる火にもなるもの嬰児《みどりご》と呼ぶ

高尾文子『約束の地まで』（二〇一五年、角川書店）

親戚や近所の人たちが集まって来て、赤ん坊を交互に抱いたりすることはよくある。「まあ、可愛いわねえ。私にも抱かせて！」などと言いながら、交互に抱き上げて、おくるみの中のその顔を覗き込んだりする。まだ頑是ない赤ん坊はその時その時で様々な表情を見せる。笑っている時は花のような笑顔と思い、喃語を話していると風のような言葉と思う。そして泣き出したりするとそれは火のようだと思う。そう言えば「火が付いたように泣く」という言い回しもあった。ここで歌われていることは、そんな日常の平和で幸福な一コマである。

一方で、作者はその嬰児の未来の限りない可能性を思う。スポーツ選手か芸術家か、あるいは政治家か実業家か、それとも平凡なサラリーマンか主婦か。今の段階ではあらゆる可能性がこの子の未来には開かれている。成長してゆくに従って、徐々に可能性の範囲が狭まっていくにせよ、産まれたばかりのこの段階では、あらゆる可能性が待ちかまえている。まさに、花にも風にも火にもなれるように。そして、作者は、この子の未来の可能性を妨げるもののないことをも祈っている。社会的差別や戦争があらゆる赤ん坊の未来の可能性を妨げることのない社会の到来を祈っている。

初句と三句目が字余りになっているが、柔らかい破調である。まるで嬰児が欠伸をしながら思い切り手足を伸ばしているような伸びやかささえ感じさせる字余りである。

この世見ていまだ数日いくたりの手に清められ包まれ抱かる
掌中の珠抱くからにたれもまづ薬用ソープ手に泡立てて
瑠璃紺青の空かも花ふる窓辺にて乳飲み児はふと五指ひらきたり

2016/02/05

若竹にまたもや先を越されたり私が私を脱ぎたきときを

春日真木子『水の夢』(二〇一五年、角川学芸出版)

多くの歌人は自分の作風を打破したいと思っている。長く短歌を作っていると自分の作品が自己模倣に陥っていることに気付くからである。新しい感覚、新しい素材、新しいレトリックを常に求めている。一旦出来上った自分を破壊することは辛い。しかし、そこに安住していたのでは、進歩が望めない。誰もが自分を脱ぎたいと思っている。

歌集の略歴に大正十五年生まれとあるから、作者は既に九十歳を越えておられる。足が多少ご不自由なようだが、精神は若々しい。九十代にしてなおも自己を脱却したいと思っているのである。昭和三十年「水甕」入会とあるから、その年から作歌を始めたとしても、既に六十年以上短歌を作っているにもかかわらずにである。

その作者が自己を脱却して、新たな歌境を模索しようとしている時に、ふと外を見ると、藪の筍が若竹に成長して自らその皮を落としている光景を目にする。そして、自分を脱ぐことにおいて、自分は若竹に先を越されたことに愕然とするのである。作者が率いる結社「水甕」は創刊百年を超えた。実年齢にかかわりなく精神的に若々しい作者が率いるからこそ、結社も古びないのであろう。

ゆるやかに生を積むべしももいろのヒマラヤ岩塩わが前に照る
あたらしき発心のあれ水甕の百年の水汲みあげにつつ
ひと椀の朝の味噌汁賽の目の豆腐の白き力を掬ふ

2016/02/08

いくたびも暗証番号拒否されて機械の横に寄りかかりたり

落合けい子『赫き花』（二〇一五年、現代短歌社）

銀行のＡＴＭコーナーだろうか。お金を引き出そうとして、カードを挿入して暗証番号を入力する。ところが、番号が違うという表示が出て、お金が引き出せない。キーを打ち間違えたかと思い、再度入力するが、また拒否される。はて、別の番号だったかと思い、更に思い当たる別の番号を入力するが、やはり拒否される。そこで作者は途方に暮れて、脱力したように、機械に寄りかかってしまう。

金融機関などは、生年月日や電話番号などを暗証番号としないように求めている。カードを身分証明書と一緒に紛失した場合容易に推測し得るからである。また、いろんなカードで同じ番号を使わないようにも求める。しかし、利用者の方は、どうしても自分にとって覚え易い番号を設定するし、金融機関毎に番号を変えることも大変である。

この一首、上句は多くの人が体験することだが、下句の虚脱感、脱力感が面白い。「面白い」というと顰蹙を買うかも知れないが、他に適切な言葉が思い当たらないので、とりあえずそう言っておく。怒ったり、嘆いたりするのではなく、文字通り、力が抜けたように機械の横に寄りかかってしまうのである。その時の状況は、寄りかかって解決するような問題ではないのだが、思わず力が抜けてしまうのである。

かつて短歌とは、高らかに歌い上げる詩形であった。喜び、理想、希望を、また悲しみや絶望、怒りをさえも格調高く歌い上げる詩形であった。読者もまたそのような高らかに歌い上げる短歌に深く陶酔した。しかし、ある時期から、我々は短歌で高らかに歌い上げることが何か気恥ずかしく思えてきた。歌壇の流れがそうであったし、歌人個人個人の内部においてもそうだったと思う。歌い上げない、敢えて歌い下げることが、我々の本当の感情に沿うように思える流れが生まれてきたのである。等身大、或いはそれ以下の自分を表現することこそが、真実を突いているように思えてきたのである。私がそのことを意識したのは小池光の歌集『日々の思い出』(一九八八)であった。現代では、敢えて歌い下げる短歌、いわば「脱力系短歌」ともいうべきものが歌壇の一つの、しかしかなり大きな流れになってきているように思える。この作品もそんな流れの中に位置づけられよう。

ケーキ食べてケーキ食べてと寝言いふつれあひなれどをかしな男
かなしみは薄くなりつつ遠き日のカバヤ文庫の『シンデレラひめ』
黄の指を揃へて鷺のとびたてり昼の明るき雨ふるなかへ

2016/02/10

ここに立つここより他に無き場所の空に枝を張り鳥遊ばせて

寺尾登志子『奥津磐座』（二〇一六年、ながらみ書房）

植物は動物のように移動できない。動物と植物の差異は沢山あるが、最大の差異はこの点だと思う。人間が移植しない限り、植物は基本的に一旦根を降ろしたところで一生を過ごす。地上に落ちた種はそこで根を出し、その根を地下へ伸ばしてゆく。種は双葉を出し、根が吸収したり、葉が光合成で作った養分などを使って幹を空へ伸ばしてゆく。やがて幹には枝が出来て、枝は更に葉を繁らす。そこが日当たりのよい場所であったとしても、谷間の傾斜地であったとしても、樹は自ら移動することはない。

一方で、樹は少しでも多く太陽の光を浴びられるように思う存分枝を繁らせることができる。その繁らせ方は自然の摂理であろうが、同時に、樹の裁量とも思える。そして、そこへ鳥がやってくる。鳥は葉や枝などについた虫や木の実が目的で来るのだが、人間から見れば、樹を楽しませているようにも見える。

樹はまさに「ここより他に無き場所」に立っている。それが独立樹であれば、孤独で寂しいであろう。しかし、そこで存分に枝を張ることができるし、やがて鳥がやってきて楽しませてくれるとすれば、それは決して孤独ではない。
表現していることはあくまで樹のことであるが、ここには深い箴言のようなものが感じられる。この作品を、どんなに不幸な境遇にあっても喜びを見いだせ、というような教訓と取ってしまえばつまらなくなるが、作者は、鳥の来訪を喜んでいる樹の心に深く共鳴しているようだ。樹の喜びを自分の喜びのように感じているのだ。清新な抒情であるが、深い思索性も感じられ、同時に対象の本質もあやまたず捉えている。初句切れの作品であるが、「ここ」のリフレインが心地よい。

待ち人は来ず失せ物は見つからずあと一箇月だけ五十七歳
年の瀬の水の飛沫に尾羽濡らし石を叩けるセキレイも吾も
霜枯れの庭に射す日は明るくて千両、万両くれなゐ結ぶ

2016/02/12

父居らぬ家に目覚めてもう誰も早起きをせず足音も聞こえず

大島史洋『ふくろう』（二〇一五年、短歌研究社）

歌集から推測される事情は次の通りである。作者の父は九十九歳となり、妻（作者の母）を亡くして、子（作者の兄）の家族と暮らしていたが、衰えて、現在は施設に入っている。作者は兄からの連絡で父の衰弱が進んでいることを知り、帰省する。因みに、作者の郷里は岐阜県中津川市である。

帰省した作者は、兄の家族が暮らしている実家に目覚めて、改めて父がこの家にいないことを実感する。まだ元気だった頃、父は朝早く起きていたのであろう。老人が目覚めて活動を始めれば、他の家族も否応なく起きざるを得ない。その頃は作者も、帰省する度に朝早くから家の中の人が活動する物音で目覚めていたのだ。しかし、今は早起きする老人がいないので、兄やその家族も比較的ゆっくりと起きてくる。作者は布団の中で目が覚めているのだが、誰も家族が起きている様子がないので、布団の中で様々なことを考えている。それだけのことを言っているのだが、ここには作者の故郷と父に対する深い感慨と悲しみが込められている。

掲出歌の少し後にこんな作品がある。

父の死が吾にもたらす煩雑を思いていたり故郷の夜に

親の死は悲しみと同時に様々な煩雑さをもたらす。いずれ必ず訪れる筈のその時は、喪主は兄が努めるのであろうが、弟として助けなければならない。更にその後には、煩わしい相続の問題が待ち構えている。掲出歌の時も、そんなことを思っていたのかも知れない。

歌集『ふくろう』は挽歌の多い歌集だった。作者にとって短歌の先輩である金井秋彦、石田比呂志などの死を歌い、司会者の玉置宏の死を歌う作品もある。まるで父の死を迎える心の準備をしているかのような気もする歌集であった。

不甲斐なきおのれを怒る父の声口より出でねど吾にはわかる
食事を終え眠りに入りし父の顔かくまでにして生きねばならぬか

2016/02/15

カーテンを玻璃戸のうちに巡らせて古書店ノアは灯りそめたり

渡英子『龍を眠らす』(二〇一五年、青磁社)

東京だと神田であろうか。夕暮れの古書店である。閉店時間になり、ガラス戸の内側でカーテンが引かれている。家庭用の柄や絵のある華やかなカーテンではなく、実用的な白一色の厚手の生地のカーテンである。その内側で店主が今日一日の売上の計算でもしているのであろうか。灯りはその前から点いていたのかも知れないが、カーテンを巡らせると急にそのカーテン越しの仄かな明るさが意識される。

「ノア」というのは古書店の名前とも取れるかも知れないが、やはり旧約聖書「創世記」のノアと思いたい。「ノアは義人《ただしきひと》にして其世の完全《まった》き者なりき。ノア神と偕《とも》に歩めり。……汝松木をもて汝《なんじ》のために方舟を造り……」（第6章）とある。方舟には「導光編《あかりまど》」を設けたとあるが、内部では灯火による照明もあったであろう。想像してみるに、それは内部が灯り始めた古書店のイメージとも重なる。巨大な建造物、内部には選ばれた動物（知）に満ちており、仄かな照明がそれらを照らしている。そして古書店の中の沢山の書籍もノアの方舟の選ばれた動物たちも、永遠の未来に向けて生き続けてゆく。知を未来に向けて伝え続けてゆく。なんと壮大なイメージであろうか。

作者は「ノアの方舟のような古書店」とは言わないで、「古書店ノア」と端的に表現した。古書店＝方舟なのだと言っているのである。その潔さが気持ちよい。またその端的な言い方が文体に鋭い切れを与えている。そしてそこには、現代文明に対する作者の批評のまなざしも宿っている。

亡き人がえんぴつに引きし傍線にみちびかれつつ古書《ふるふみ》を読む
花冷えを点る自販機温かい紅茶花伝を購ふ死者が来る

ハナニラの白きが星のやうに揺れ写生の子らは散らばつてゐる

2016/02/17

わたしがいないあいだに落ちしはなびらを丸テーブルの上より拾う

中津昌子『むかれなかった林檎のために』（二〇一五年、砂子屋書房）

「あとがき」に、作者はこの歌集の期間、病気をして入院したとある。「わたしがいないあいだ」とは、単に買い物などに出かけていた間とも取れるが、入院中ということかも知れない。帰宅して、留守中に丸テーブルの上に散っていた花びらをいとおしみつつ拾っているのである。

ここには作者の時間と花びらの時間と、二つの時間がパラレルに流れているような印象を受ける。そして、それらの二つの時間は、パラレルに流れながら、時として交差しているようだ。作者はその交差の瞬間を心より大切にしているのだ。SFの世界に「パラレルワールド」という概念がある。ある世界から分岐して、それに並行して存在する別の世界を指す。異次元とは違い、我々の宇宙と同一の次元を持つとされている。この一首は、作者の時間と花びらに時間とがパラレルワールドであるように思えてならない。自分の時間とは別の時間がこの世界のどこかで流れていると想像することはとても楽しく、そして少しばかり怖い。初句七音であるが、全体にひらがなを多用して柔らかい印象を醸し出している。更に、「丸テーブル」が一層柔らかさを印象付ける。

なお、作者は、この歌集から再び現代仮名遣い（新かな遣い）に戻ることとしたと書いている。掲出歌の結句はもし歴史的仮名遣い（旧かな遣い）で表記するなら「拾ふ」となる。仮名遣いの選択に歌人は結構悩んでいる。新かなは学校教育で学ぶ仮名遣いなので、通常は慣れている仮名遣いであり、一部の特例を除き、基本的に発音通りなので簡便である。しかし、時として不合理な面もある。一方、旧かなは、特別に勉強しなければならないという点もあるが、その柔らかい印象を好む歌人も多い。掲出歌に関しては、やはり旧かなよりは新かなが相応しいように思える。その理由を明確に説明できないのだが、作者の抒情が現代的なのかも知れない。

もくれんは丸い大きな葉を落とし自転車にうすく浮かび出る錆
階段はいきなり終わりむらさきに暮れ落ちようとする空に出る
ぼうぼうと八つ手の花が咲いているかたわらにあるみじかき石段

2016/02/19

誤植あり。中野駅徒歩十二年。それでいいかもしれないけれど

大松達知『アスタリスク』（二〇〇九年、六花書林）

数年前に話題になった映画「おくりびと」にこんなシーンがあった。本木雅弘扮する主人公が失業して故郷に帰り、仕事を探す。たまたま見た求人広告に「旅のお手伝い」とあったので、旅行代理店だと思って応募に行ったら、そこは葬儀社で、唖然とする主人公に対して、山崎努扮する社長が、「あ、これ抜けている」といって広告に文字に付け加え「旅立ちのお手伝い」と直した。記憶で書いているので細部は違うかもしれないが、おおよそそんな話であったと思う。これはたった二字の脱字（多分、社長の故意）が一人の人生を変えてしまった例であるが、実に誤字脱字、誤植は恐ろしい。

掲出歌、思わず笑ってしまう。初句で作者が「誤植あり」と断っているが、これは断らなくても誰にでも誤植だということは解るであろう。不動産の広告で「徒歩十二分」の「分」が「年」に誤植されてしまったのだ。「おくりびと」の脱字は人生を変えてしまったが、この誤植で人生を変えられた人はいないであろう。

そして作者は「それでもいいかもしれないけれど」と言っている。「十二分」でも「十二年」でも

大差はないということなのだ。朝夕の通勤通学に片道十二年をかけて駅まで歩く、この不条理が何とも楽しく、夢がある。最近の観測によって（一三七・九八プラスマイナス〇・三七）億年とされているこの宇宙の年齢に比較したら、十二年と十二分の差（計算してみたら六百三十万七千二百分）の差はいかほどのもののもない。

作者は広告の誤植を責めるより、朝夕片道12年かけて駅まで歩くというこの奇想天外さ、ばかばかしさを讃え、そんな人生があってもいいではないかと言っている。何とも痛快である。

職住を満たしてやれどクサガメは外の世界をしきり見たがる
なにゆゑかひとりで池を五周する人あり算数の入試問題に
その人は権力のケンと言ひしのち権利のケンと言ひ直したり

2016/02/22

どのひとも掌《て》のちさき板見つめをり板のむかうの海や砂漠を

日置俊次『落ち葉の墓』（二〇一五年、短歌研究社）

最近は電車に乗って向こう側の席を見ると七人掛けのシートの七人のうち五人程度は黙々とスマートフォンを操作している。ある意味では異様な光景である。ここ数十年のＩＴ技術の進化は、人類史上においてかつての産業革命にも匹敵するような生活革命であろうと思う。それほど我々の生活スタイルを一新してしまった。その一つがスマートフォンである。一般家庭へのパソコンの普及も生活に大きな変化をもたらしたが、スマートフォンは更にそのパソコンの機能を自由に持ち歩きできるようにしてしまった。今や我々は電車の中においても、スマートフォンを操作して遠い遥かな海や砂漠の画像を自由に思う存分見ることができる。そしてそのスマートフォンがかまぼこ板のような「ちさき板」であるのだ。

しかし、我々はその利便さと引き換えに失ってきたものも少なくない。例えば人と人との繋がりのようなものも。沢山の人が乗り合わす電車の中で誰も声を発することなく、ひたすら「板のむかうの海や砂漠」に没頭している。「ちさき板」、「板のむかうの」という辺りに単純な文明批評ではない作者の深い気持ちが込められている。それは皮肉、悲しみ、憤り、同情、絶望、それらの中のどれかであろうし、また、それらの全てなのかも知れない。

ジグソーパズルのピースみなひとのかたちして嵌めをへるときひとは消えゆく
片言の日本語話すアジア人の娘がゆでるきしめんあはれ
こはばりて積み木と見ゆるわが影が渋谷の人の群に崩さる

2016/02/24

生きんため夫入院し残さるる時間のために父退院す

松尾祥子『月と海』(二〇一五年、柊書房)

この歌集の期間の作者は二人のかけがえのない人を失った。夫と父である。まだ五十代の夫は病んで、入院する。それはこの先まだまだ生きていくためである。早く元気を取り戻して、職場に復帰し、妻子を慈しみ続けるためにである、日本人男性の平均寿命が八十歳を超えた現在、五十代はまだまだ働き盛りである。当然、治療を受け、健康を回復し、これからも更に生き続けるために入院するのである。

一方、丁度その頃に作者の父は退院する。年齢は八十代か。おそらく平均寿命は越えているのであろう。酷いようだが、これからの生活は残された時間を精一杯生きるためと言わざるを得ない。入院していてももう積極的に治療する意義がなく、自宅で療養するために退院したのであろう。

作者にとって大切な二人である夫と父の人生が一瞬時空で交差するような印象を受ける一首である。対句表現がその構図を明確に読者に提示する。抑制気味の表現ながら、悲しみと不安に満ちた作者の心が滲んでくる。

そして、しばらくして父は子や孫に見送られながらこの世を去った。そして一旦、健康を回復したかに見えた夫もまた急死した。身近な男たちが次々と病み、死んでゆく姿を作者は心に深い悲しみを抱えながら、慈母のように見つめている。そしてその心を支えたのが短歌である。歌集「あとがき」で作者はこのように書いている。「どんな時でも、目をそらさずに、歌を詠むことで自分を保ってきました」と。

星月夜立つ力失せ横たはる父にしづかに犀が来てゐる
「気をつけて帰れ」死に近き父言へり　われは帰らな病む夫のもと
死にたくて死に得ぬ人よ　生きたくて生き得ぬ人よ　海を照らす月

2016/02/26

八階から見ゆる桜は小さかり今逝きましたと器械に告げて

河野美砂子『ゼクエンツ』（二〇一五年、砂子屋書房）

歌集タイトルの『ゼクエンツ』は音楽用語で「音高を変えながら繰り返す同一音型」を意味するらしい。因みに作者はピアニストである。この歌集の期間、作者は母を失った。「器械」は何とは言っていないが、「機械」ではなく「器械」の字を使っているのでそんなに大掛かりな装置ではないだろう。私は留守番電話と取る。

肉親が亡くなる。その臨終に立ち会った家族としては、葬儀の準備と並行して、逝去の旨を親戚・知人に連絡をしなければならない。以前だったら、病棟の廊下の隅の公衆電話だったが、現在では携帯電話だろうか。「先ほど息を引き取りました。」と告げ、場合によっては「お通夜はどこで、葬儀は何時何時から何処で」というようなことも付け加えるかも知れない。次々に電話をするのだが、先方の電話がが留守電になっている場合も少なくない。作者は感情を押し殺して受話器に向かいごくごく事務的に用件だけを吹き込む。それが「器械に告げ」なのであろう。

一方的に用件だけを「器械に告げ」終わって、ふと顔を上げると病室の窓から地上に咲いている桜の木が見える。満開の桜だとしても八階の高さから見下ろすのだから小さく見えるはずである。

ここには、人の死という尊厳、留守番電話という無機質な実用性、そして小さな桜というもう一つのひっそりとした、しかし美しい命、これらのものが一瞬に時空で交錯している。主観を排して、端的に表現されているが、何とも悲しく美しい作品である。

清掃の人の来るゆゑこの部屋の荷物手早く片付けねばならぬ
三人の遺族となれり何回もお辞儀する父と妹を見つ
どこもどこも桜あふるる街なかを鉄《くろがね》匂ふ葬列がゆく

2016/02/29

出かけんと忙しく化粧するわれの手元見つめる眼差しのあり

青沼ひろ子『石笛』(二〇一三年、本阿弥書店)

作者は山梨県に在住する「みぎわ」会員で、第十六回歌壇賞受賞者でもある。歌集のタイトルは「いしぶえ」ではなく「いわぶね」と読む。

状況はよく判る。外出前に手早く化粧している作者の手元を家族の誰かが見ている。そして作者はその眼差しを意識している。その家族は誰であろうか。夫、姑、飼い犬……。誰とも取れるだろう。夫だとすれば、〝やれやれ、また短歌の会か……〟。俺の夕食はどうなっているのだろう〟と思っているだろう。姑だったら、〝また出かけるのかしら。嫁がこう外出ばかりしていたのでは、近所の手前、決まりが悪いわ……〟。犬だったら〝え、今日の僕の散歩はどうなるの!?〟か。

「あとがき」によればこれは小学生だった娘の由。そうだとわかると、「手元」が肯ける。小学生の女の子にとっては、母親の外出も気になるが、多分、それ以上に大人の女性が化粧をする手順に興味があるのかも知れない。明らかに夫のような男性の視線ではない。しかも、作者の外出を必ずしも苦々しく思ってはいない。決して厳しい冷ややかな視線でもない。どちらかと言えば、興味深々なのであろう。

また、「忙しく」という言葉が作者の日常の忙しさを表している。家族から苦情が出ないように、きちんと家事を済ませて、時計を見ながら手早く化粧をするのである。時間的余裕のある人の表現ではないだろう。女性歌人は女性なりの困難さの中で短歌を作っているのだ。

短歌はたったこれだけの短い詩型ではあるが、「忙しく」「手元」のようなほんの一語、二語が大きな情報をもたらす。そのため歌人は小さな言葉にとことん拘る。助詞、助動詞の一つに何日も拘ったりする。また、歌会でも、一見なんでもなく無造作に滑り込まされている言葉のニュアンスを読み取ろうと何時間も喧々諤々議論する。それが短歌の面白さなのだ。

産卵をするものの如くふくらみし鞄枕辺に子は置いて寝る
子を生みし以前それ以降　オーブンにチーズスフレが膨らんでいる
妹と結婚したいという人があらわれたときふーんと思いき

2016/03/02

土器のかたち焼き固めゆく火ぢからは骸《むくろ》のかたち消してしまへり

米田靖子『泥つき地蔵』（二〇一五年、本阿弥書店）

冬に手が冷たい時に手に息を吹きかけて温める。また、味噌汁が熱い時にも息を吹きかけて冷ます。冷たい時も熱い時も息を吹きかける。小さい時はそれを不思議に思っていた。この一首はそのことをふと思い出させる。土器を作る時は粘土を捏ねて型作り、焼いて焼成する。一方で、人が亡くなると現在の日本では火葬にしてその形を消してしまう。つまり物を作る時にも、物を消す時にも、どちらの時も火を使う。冷たい手にも熱い味噌汁にも息を吹きかけるように。

それにしても火は不思議なものである。世界最古の一神教は、古代ペルシャで発生したゾロアスター教であるとされている。光（善）の象徴として火を尊ぶ。信者は火に向かって礼拝をするために中国では「拝火教」と言われている。現在でも、イランやインドで一定の信者がいる。因みに、ゾロアスター教では死者は火葬しないで、鳥葬か風葬にする。他の世界でも火は概ね神聖なものとされている。オリンピックでも聖火が掲げられる。

この一首の「火ぢから」という言葉が強い印象を与える。漢字で書けば「火力」であろう。この漢字は通常は「かりょく」と読まれて、発電方式などを言う時に使われるが、「ひぢから」と「かりょく」では意味が全く違う。「ひぢから」は火が本来持っている神聖な霊力を意味し、「かりょく」となるとその物理的な応用によるエネルギーを意味する。作者は「火ぢから」という言葉で、その神聖な霊力に思いを寄せているのだ。

因みに、この作品は義弟の死を歌っているようで、前に次のような作品が置かれている。

しっかりと「東に行く」と言ひてのち義弟逝きたり東には墓
くぢら幕張ればあの世が近づきて死者のたびじたく草鞋を履かす
快適なホテルのやうな火葬場にけむりの見えず魂《たま》遠ざかる

2016/03/04

けさの羽《つばさ》はたしかに扇われをして空のかなたに溺れよと招《を》ぐ

百々登美子『夏の辻』（二〇一三年、砂子屋書房）

羽《つばさ》は何の鳥であろうか。「けさの」とあるから日常的に目にする鳥であろう。とりあえず、ここでは鳩としておく。ベランダか公園か、毎日のように見かける鳩が今日は羽根をゆっくりと動かしている。作者から見えるその角度が丁度、扇で自分を招いているようだという。そして、招かれている先は空の彼方なのだ。

日常生活というものは実に煩わしいものである。こうやって私が書斎でパソコンに向かって文章を入力している間にも宅急便の青年がチャイムを鳴らしたり、外装塗り直しの業者の勧誘の電話がかかってきたり、かと思うと外は灯油販売の車がスピーカーを大音響で鳴らしながら通り過ぎてゆく。瑣事と言えば語弊があろうが、生活とはそういうことの集合体である。本当に空の彼方へ行ってしまいたい気がする。

作者もそんな気持であったのであろう。そんな時にふっと視野に入った鳩の仕草が、翼を扇のように動かして自分を招いている。とっさに作者はその招きに応じてみたいと思ったのであろう。何もない虚空に身を委ねることはそこで溺れることでもある。そう夢想した時、作者は恍惚となったのかも知れない。豊かで奔放な発想が、確かな表現力で支えられた一首である。

開けにゆくポストのそばに泊つる蝶胸乳もたねば身軽くあらむ
落とし主いづれか知らず風切羽《かぜきりば》の鋭《と》がるさびしさ拾ふ木下に
敵意もて一行書けば窓ごしにしづみゆくごと雉鳩《はと》は巣につく

2016/03/07

飼ひ主はわが家の犬を甲として見かくる犬を乙と決めこむ

本阿弥秀雄『傘と鳥と』（二〇一三年、ながらみ書房）

愛犬家同士の散歩であろう。すれ違う際に、犬同士もそうかも知れないが、飼い主同士もお互いに意識する。意識するといっても、相手の人間のことではなく、自分の連れている犬と相手の連れている犬を反射的に比較してしまうのだと思う。

昔は「甲」や「乙」と言えば、兵隊検査か学校の成績だったようだが、現代では契約書の文言でよく見かける。契約書の書面で最初に出て来る当事者の名前の後に括弧して〝（「以下「甲」という)〟として、次に出て来る当事者をやはり括弧して〝(以下「乙」という)〟とする。長い人名を何度も記載する煩わしさを避けるためであるが、当然、「甲」の方がより重要な立場を占める。「甲」や「乙」などという堅苦しくてものものしい法律用語が、このようにさりげなく使われると面白さになる。

この一首、すれ違う際に瞬間的に犬同士を比較してしまった作者は、心の中で自分の飼い犬の方に軍配を上げる。あの犬も悪くはないが、この犬の方がより賢く立派で可愛い、などと思ってしまうのである。客観的な優劣ではない。無条件に自分の飼い犬を贔屓してしまうのである。人情としては当然そうであろう。「決めこむ」にその強引さが端的に表れている。しかし、その強引さは決して反感を買わない。どこかほのぼのとしてしまう。読者の誰もが微笑みながら読むであろう。少しばかり戯画化をしてはいるが、作者はあくまで等身大の自分を歌おうとしているのだ。そのあたりがこの一首の眼目だろうと思う。

短歌は宇宙や世界を歌うこともできる。人生の苦悩や悲劇を歌うこともできる。しかし一方で、このような日常の中の良質のユーモアを歌うこともできる。たった三十一文字の短い詩型であるが、このように守備範囲は極めて広いということを改めて思わされる。

誰ももう筆を入れねど筆箱といふ柔かき和語をいとしむ

ブラックで珈琲をのむ人とゐて引け目を感ず砂糖要るわれ
泣きやまぬ赤子がわれの後に付く二礼二拍手してゐる間に

2016/03/09

雪の上に雪積む小径を歩み来ぬ裂けし一樹の立つところまで

内藤明『虚空の橋』（二〇一五年、短歌研究社）

映像的な一首である。清冽な冬の大気の冷たさが伝わってくるようだ。初句字余りであるが、あまり気にならない。

一冬の間の何度もの降雪が積み重なっている小路だという。幹線道路や生活道路ではないので、除雪をしないのであろう。雪の上を人がまばらに踏み、その上に新たな雪が積もり、それをまた人が踏んでゆく。そのイメージは人生を連想させる。様々な困難を乗り越え、また新たな困難に直面する。人生とはそんなことの繰り返しかも知れない。しかし、それでも一人一人の人生は新雪のように光り輝いている。作者はそんな積りで作った歌ではないだろうが、読者としてはそんなことも感じてしまう。それが短歌の奥深さでもある。

そして、行きついたところに幹か枝が裂けた一本の樹があるという。「木」ではなく「樹」の字を使っているところに、小さな幼木ではなく、樹齢を重ねた喬木を思ってしまう。その樹が裂けているのだ。裂けた理由は言われていないが、ひょっとしたらこの冬の雪の重みのためだろうか。幹の中の水分が寒さで凍結し、膨張して幹を裂くことがある。凍裂という。この冬の凍裂だとすれば、裂け目はまだ生々しいだろう。痛々しいと言ってもいいのかも知れない。そう考えるとこの一首が益々人生の暗喩のような気がしてならない。

ひとこゑに呼び合ふ鴉、ふたこゑに遠吠ゆる犬、人語いまだし
月読みの光照らせるわたつみに漕ぎ出だしけむ声掛けあひて
蟬の声今年初めて聞きしとぞ葉書を読めば鳴く声聞こゆ

2016/03/11

縄跳びの描ける繭にひとりずつ児らはおのれを閉じ込めて跳ぶ

浜名理香『流流』（二〇一二年、砂子屋書房）

歌集のタイトルは「りゅうる」と読む。この場合の縄跳びは、一人でする縄跳びではなく、長い縄の両端を二人でもって、大きく弧を描くように回して、その弧の中に他の子たちがひとりずつ入って跳ぶ、あれであろう。昔は主に女の子たちが広場や路地などでやっていたが、最近はあまり見ない気がする。大勢で縄跳びで遊べるような広場や路地などが無くなってしまったこともあるのだろう。それにしても、本来「縄」は藁などを細長く綯ったものであるが、現在売られている縄跳びの「縄」は合成樹脂でできたものがほとんどである。素材は変わってきているのに機能だけで元の素材の名が残っているのは、例えば、コンクリート製であっても「枕木」という例もあるが、何か不思議な気がする。

この一首の眼目は「繭」と「おのれを閉じ込めて」であろう。二人が回す縄の大きな弧が切り取る空間が「繭」だという。昆虫の蛹を保護する「繭」は内部と外部を完全に隔絶しているのに対して、縄が描く空間は外部に対して解放されている。正確に言えばその縄だけが移動しながら内部と外部を区切っているのだが、縄自体は言わば線に過ぎない。それでも作者は、そしてまたこの作品の読者は、頭の中でその線が空中に描く形を想定してしまう。その形は楕円に近い。まさに「繭」の形なのである。同時にそれは聖的な空間と俗的な空間を区切る「結界」でもある。

その縄跳びの輪の中に一人ずつ跳びながら入っていく子供たちは、「繭」の外部から内部へ自らを「閉じ込め」ていくのだという。昔の日本などでは純粋無垢な子供は神の使いとも考えられていた。

結界に自ら跳んで入っていく子供は、もうそれ自体が聖的な存在のように思えてしまう。

自転車の車体むだなき裸にてチェーンを付けて雨に濡れおり
夕映えは遠くにありてことことと路面電車がレールをゆけり
さくらメール出して返事のかもめーるお互い急ぐ恋にはあらず

2016/03/14

工事現場の荒れたる地表おほひつつ銀を展《の》べゆくさらの春雪

岩田記未子『日日の譜』(二〇一三年、短歌研究社)

著者は金沢在住である。雪国、金沢では十一月末頃から三月頃まで殆ど毎日灰色の雪雲に覆われる。それだけに、春に雲間から明るい日差しが覗き始めた頃の喜びはひとしおである。根雪がまず木の根本から融け始める。黒い木の幹が日光の温かさを集めるのだろう。それから根本の周りに黒い土が見えてきて、その黒い輪が段々と大きくなり、やがて輪と輪が重なり合い、土の上から雪が消えてしまうと、待ちに待った春である。もっとも、現在では金沢市内の主要道路は冬の間も除雪が行き届いているので、そんな春の喜びは少なくなっているのかも知れない。

この一首、春先に一旦根雪が融けてしまって、冬の間は休んでいた工事も再開された頃であろうか。その後にまた春の雪が降ってくることがある。工事によって掘り起こされた地表が再び新雪で覆われていく。春の雪は淡雪であることが多いので、掘り起こされた地表の凹凸もかすかに残したまま柔らかく積もっているに違いない。積もった新雪は春の光を反射してかすかな影を伴うため、それは美しい銀色に輝く。そのような再びの雪の地表を作者は「銀を展《の》べゆく」という美しい表現をした。また「荒れたる」と「さら（更＝新）」の対比も印象的である。

雪国在住の作者ならではの作品であり、鍛えられた技法をもって美しく表現された一首である。

ほの白き繭に隠《こも》れるやうにして雪に囲はれ一日が過ぐ
春告ぐる雪割草の花に会ひし能登の岬の娑婆捨峠
雪しまく昼かうかうと灯しゐる地下街の店は春の彩り

2016/03/16

邸にはほど遠き家ごめんなさい父母舅みなは住めない

森川多佳子『スタバの雨』（二〇一三年、短歌研究社）

実の父母や舅と同居しなければならない事情があるのだが、家が狭くて引き取れないということであろう。ごくごく公式的に言ってしまえば、現代日本の介護の問題、住宅問題を端的に象徴している作品ということになるのだが、この一首には、そんな公式をふっ飛ばしてしまうような切実さと深い思いが感じられる。

「邸」はこの場合、「やしき」と読むのだろうか。「邸宅」「豪邸」「官邸」などのように広くて豪華な家をイメージする。しかし、作者の家はそんなに広くないという。歌集の他の作品に「官舎」とあるが、官舎であれば、必要最小限の部屋数しかないであろう。とても親と同居できる状況ではない。ひょっとしたら、父母や舅の誰か一人か二人だけなら引き取ることができるのかも知れない。しかし、作者にとっては三人のうちの誰かだけというわけにはいかないのだ。引き取るなら三人とも引き取らなければならないのだ。

作者はその事実を「ごめんなさい」と謝罪する。家が狭いのは作者の責任ではない。そもそも誰に謝っているのか。「父母舅」に謝っているとも取れるが、「父母舅」に話しかけている文体ではない。誰にともなく、というよりも、作者は自分自身の不甲斐なさを嘆いているようだ。

結句の話し言葉も、自分自身に呟いているような印象を受ける。この一首が訴えているのは自分を生み育ててくれた父母、そして愛する夫を育ててくれた舅、そのような作者にとって大切な人を大切にできない自分自身の悲しさなのだと思う。恐らく現代の日本には、この作者と同じように住宅事情によって引き取らなければならない人を引き取れない無数の人がいる。そして、ある人は政治を批判し、またある人は夫の稼ぎの少なさを嘆き、またある人は己の不甲斐なさを嘆いているのであろう。

失恋の子の不機嫌は見えぬふり居間に地蔵の目をして座る
弟の世話ちよつとだけして帰るわれは看護婦さんの客なり
駅前のパン屋の隅の喫茶席ふゆぐれの窓にひとり老いゆく

2016/03/18

ゆすり上げゆり戻されゐる夾竹桃　黒南風《くろはえ》吹きて影濃きゆふべ

蒔田さくら子『天地眼』（二〇一〇年、短歌研究社）

この一首、とりあえず写生の作品である。夾竹桃は葉が竹に、花が桃に似ているところから名づけられたという。花はピンクや黄色、白など多数の園芸品種があるようだが、ここでは何となく濃いピンクの印象がする。風によってその花が枝ごと揺り上げられ、風が吹き過ぎた後に、枝の弾力でまた戻っているのだ。「黒南風」は、本来は梅雨期の始め頃に吹く南風であるが、（因みに、梅雨明けの頃に吹く南風は「白南風《しらはえ》」という）、ここでは日が照っているようだ。夕方とはいえ、初夏の強い日差しである。地上にも枝の揺れる様子が濃い影となって投影され、影が激しく躍動している。強烈な印象を与える一首である。

広島市はかつて原爆の被害で七十五年間は草木が生えないと言われたが、被爆焦土から夾竹桃がいち早く咲きだしたため、夾竹桃は原爆からの復興のシンボルとなり、広島市の花に指定されている。現在、我々は夾竹桃と聞くと、どうしても戦争、そして原爆を連想してしまう。しかも夾竹桃は美しい花と同時に強い毒性をも持っている。花、葉、枝、茎、根、果実全ての部分に毒性があり、周辺の土壌や、生木を燃やした煙にまで毒性があるという。その花が風で激しく揺れているのだ。ましてや、それを揺らしている風は「黒」という禍々しいイメージを有する字を伴っている。そう思うと、作者が意図したか、しなかったかに拘らず、読者はこの一首に強い暗示性を感じざるを得ない。

上句の対句表現、「夾竹桃」「黒南風」という硬い漢字表現、全体に漂う鮮やかな色彩感、端正な韻律などが作者の思いの強さを伝えているようだ。

ケータイに心身捉はれ顔あげぬ車中の人を数ふつれづれ

生きゆくに綺麗ごといふ羞かしさ　己のごみを他人《ひと》にあづけて

身に余る重さでしたと隣室に機器運びしのち腰が訴ふ

2016/03/21

わかくさの妻の日々よりもどりたる友もわたしも少女ではなく

後藤由紀恵『ねむい春』(二〇一三年、短歌研究社)

「わかくさの」は「つま」(夫、妻)にかかる枕詞。柔らかい大和言葉で始まる一首である。「妻の日々より」戻ったと言っているから、作者の友は離婚したのであろう。ここでいう「妻の日々」は幸福な生活というよりも、理不尽な忍従と束縛の日々というニュアンスを伴っている。友はそこから解放されて、再び自分自身の人生を歩もうとしているのだ。

そのことを作者はやや冷めた視線で見守っているのだが、同時に作者自身のことも見詰めている。かつて友や作者が少女だった頃、未来は限りない希望に満ちていた。恋愛し結婚して家庭に入るにしろ、仕事に生きていくにしろ、或いは、それらを両立させるにしろ、彼女たちの前には努力と運次第で無限の可能性が開かれていたはずである。彼女らはそのようなバラ色の明るい未来を夢見るように楽しく語り合ったであろう。

それから何年か経って、友は結婚して、不幸にして破婚した。人生をリセットしてやり直すにしろ、一旦は人生に挫折して、生きていくことの困難を悟ったに違いない。もはやかつての「少女」ではないのだ。そして作者自身もまた結婚するのだが、夫といえども別の人格であることを悟ったのであろう。更に、肉親や自身の病気などもあった。いわば世間の荒波にもまれるような人生を送っている。友も作者もいやというほど社会の現実を見てきたのだ。そのような時に思い出すのは、まだ何も知らなかった少女時代のことであろう。切なくて甘美だったあの時代の自分たちと、現在の自分たちの落差を思うのであろう。

男性もそうであるが、女性の方が更に少女時代と成人後の生活や環境の変化が大きいと思う。二度と戻らない日々を恋う溜息のような結句が切ない。しかし、ここには絶望感はない。大人として生きていくことのたくましい覚悟が滲み出ている。

ふたりいてなお募りくる淋しさに星をかぞえるふりをしており
十代ではなきゆえ話す生活のこまかき罅のひとつふたつを
見上げたる横顔の頬のするどさよそろそろ若さを終えねばならぬ

2016/03/23

若き日の過誤かへるまで畳目のしづかさにしむ秋雨の音

砂田暁子『季の風韻』（二〇一六年、飯塚書店）

誰も若き日は様々な過誤に満ちている。思想、恋愛、友人関係、家族関係、学問や職業等々、過誤ばかりである。それは青年特有の過剰な感傷性、未来への余りにも純粋な希望、そして人生経験・社会経験の不足によるものであろう。しかし、それに気付くのは大人になってからなのである。大人になった皆が若き日の過誤を切なく、甘く、そして苦く思い出す。

作者は今、畳の上に座りながら秋雨の音を聞いている。秋はそもそも淋しい季節であるが、静かな雨音がその淋しさを一層増幅させる。そんな時に脳裏をよぎるのが半世紀ほど前の苦い思い出なのである。楽しいこともきっとあったはずなので、なぜか思い出すのは過誤ばかりである。そして、その雨音は作者の苦い思い出を引き出しながら、畳の目に静かに沁みていく。

ここには叙景と抒情の絶妙なバランスがある。「畳目のしづかさにしむ秋雨の音」は「若き日の過誤」を引き出し、「若き日の過誤」は「畳目のしづかさにしむ秋雨の音」にイメージを結ぶ。破綻のない端正な表現の中に深い思索性を感じさせる。

くろずめる坐禅堂の壁にひつそりと箒が掛かる昔も今も
水中の豆腐の縁のゆらゆらに一つの別離告げられてをり
傷負ふものここに来るべし谷の木木ぬけくる秋の日あかるく寂か

2016/03/25

一匹の勤勉なるが指揮とりて一山《いっさん》蟬の声にしののめ

大下一真『月食』(二〇一一年、砂子屋書房)

作者が住職を務める鎌倉の古刹、瑞泉寺は山の中腹にある。周囲は樹木で囲まれており、夏は蟬の声が聞こえる。明け方、まず一匹の蟬が鳴き始め、それを合図のように、たちまち沢山の蟬が鳴き始めるのだ。その様子はまるでオーケストラの指揮者が指揮棒を振り下ろした瞬間に演奏が始まるようだという。

「一匹の勤勉なるが」が面白い。蟬の中にもいろんな性格のものがいて、その中の勤勉な一匹が指揮を執り、その指揮に合わせて他の蟬が鳴き始めるのだという見立てなのだ。生物学的にはどう説明されるのかは知らないが、何となく納得できてしまう。「勤勉」という普通は人間にしか使わない言葉を使っているのがユーモラスである。一般的に言えば、擬人法はどうしても幼稚になりがちで成功させるのが難しいと思うが、この場合の擬人法は思わず微笑んでしまう。

「一山」は、普通は「いちざん」と読むのだと思うが、ここでは「いっさん」とルビが振られている。この読み方の場合、一つの大寺または大寺に居る全ての僧をも意味するようだ。いかにも僧職にある作者の作品らしい。

結句の「しののめ」は漢字では「東雲」であるが、古代住居の明り取りが篠竹を材料として編んだため「篠の目」という言葉が生まれ、それが転じて、夜明けの薄明り、更には、夜明けそのものの意味になってしまったらしい。「東雲」という漢字を当てるのは、夜明けに東の空に浮かぶ雲が印象的なためだろうか。この言葉でピシッと締めた結句が潔い印象を受ける。

なお、この歌集の間に作者は母を亡くした。

母眠る部屋に掛けたる涅槃図に修羅泣く虫涕く未悟《みご》の弟子哭く
新聞はここ二日ほど読まざりき母の通夜終え月食に遇う
み棺に歌誌便箋と忘れずにパズル誌も入れお別れ申す

2016/03/28

かの批評うけしよりはたと歌成らず心をふかく噛まれてゐたり

沢口芙美『やはらに黙《もだ》を』（二〇一四年、本阿弥書店）

短歌を作っていると殆どの人が経験することであろう。歌会に自信作を提出する。ところが、思ってもみなかった厳しい批評を受ける。その時から短歌が作れなくなってしまうのだ。もちろん、歌会は誉められに行くところでないことは皆承知している。それでもやはり心のどこかで誉められたいという心理は働いている。批評はその密かな期待を無残に打ち砕く。歌会は通常無記名で行われることが多いので、その場合は作者に対する批評ではなく、純粋に作品に対する批評ではあるのだが。

大切なことは、誰がどのような批評をしてくれるかということだと思う。他の人が誉めてくれても、自分が一番信頼している人から厳しい批評をされると心底こたえる。その批評の言葉は、的を得ているからこそ、長く心に残る。そのことを作者は〝心を深く噛まれた〟と表現した。初句の「かの」という言葉がその批評の適切さ、そして厳しさを想起させる。

我々は深く噛まれた心をずっと引き摺らなければならない。そしてその傷が癒えた頃に再び歌に立ち向かうのだ。多くの歌人がそうしてきたのである。噛まれた傷の癒えない人は歌から離れてゆく。

敗残の兵士のごとく首垂れて黒きひまはり丘を埋むる
やはらかな拒否ともおもひ賀状読む「どうぞご活躍を」君の添書
眩しげにホと息をつく小さき口十余年ぶりに女雛陽をあぶ

2016/03/30

よそゆきの母としばらくぶりに会ふ黒いテリアの散らばるブラウス

浦河奈々『サフランと釣鐘』（二〇一三年、短歌研究社）

娘にとって見慣れた母というのは、昔なら白い割烹着を、現代であれば少しくたびれた長いスカートにエプロンを着けた姿であろうか。改まった姿というのは、せいぜい、授業参観の時ぐらいしか印象にないのであろう。それが何かの時に外で会った。例えば、母親が同窓会の帰りに、娘が偶々近くに勤めていることを思い出して、電話で呼び出したというような状況が想定されよう。

いずれにせよ、作者は外で久しぶりの余所行き姿の母とあった。場所は、多分少しお洒落なカフェのような気がする。作者の方も嬉しいのであろうが、母親の方がもっとうきうきしているようだ。生き生きと楽しそうに他愛のない近所の噂などをしているのかも知れない。その時に作者は母親の話の内容よりも母親の来ているブラウスが気になる。それが黒いテリアが散らばっている模様のブラウスだという。テリアは足の短い小型犬で、愛玩犬として飼われることが多い。余談だが、あの足の短さは、人間が穴の中に棲む小獣などを狩るために交配して人為的に作ったものだという。その テリアが散らばっているブラウスを着ているというから、今も少女性を持っている母のような気がする。

久しぶりに外で娘と会って華やいでいる母と、それに対して少しばかり冷静に母の服装を観察している娘との落差がとても印象的である。歌集の中に「軒先に銀の蜘蛛の巣ゆれてをり短歌のもろもろ親に語らず」という作品もあるが、これも母と娘の意識の落差を感じさせる。

なお、この後に作者は母を亡くした。

母のこと詠ふそのときその母は亡き人ならむ詠ふは罪か
この夏はわれに死にゆく母ありてわが胸元のじんましん真つ赤
わが名もう母に呼ばるることはなし洗濯機まはしてひとしきり泣く

2016/04/01

同じ目線に語らむとして屈みたり幼子もかがみわたしを見上ぐ

山本登志枝『水の音する』（二〇一六年、ながらみ書房）

大人が小さな子供に話しかける時は屈むといいと言われる。立ったまま話しかけると子供を見下ろすことになり、子供に威圧感を与えるからである。また、そのように理屈で思わなくても、親愛の気持ちから自ずと屈んで子供と同じ目線となってしまう。大人にとっても、いつもより数十センチ低い視線で周囲を見るということは、見慣れた光景が、また別の様相を帯びて新鮮に見える。そのようなことから短歌が生まれるようなこともある。

しかし、この作品では、作者が子供に話しかけようとして屈んだ時に、子供も同じように屈んでしまった。子供にとってはあまり慣れない状況だったのだろうか。とっさに屈んでしまったのだと思う。子供と同じ目線で話しかけようとしていた作者も戸惑ってしまったに違いない。

これが幼子が屈まずに、作者と同じ目線で楽しそうに話をしたということであれば、めでたしめでたしであろうが、それでは予定調和的であり、短歌としてはあまり面白くない。思いがけない展開をするのが人生というものであり、短歌はそのような、日常の生活の中の些細なズレのようなものを掬い上げる時に、精彩を放つという面を持つ。

雪しまき視界たちまちにくらみしがまた冠雪の木々が見えくる
それぞれに思ふ人ゐる子らのため夫と額づく出雲の神に
缶や小石につつかかりながら流れゐる冬近き日の町川の水

2016/04/04

全線をＰＡＳＭＯに託し電車賃という距離感を喪いにけり

佐伯裕子『流れ』（二〇一三年、短歌研究社）

〝ＰＡＳＭＯ〟は関東地方の私鉄を中心に使われているＩＣカードの名称である。因みに、この名称は、システムの名前であるパスネットの「パス（ＰＡＳ）」と、「もっと」を意味する英語、〝Ｍｏｒｅ〟の最初の二字を組み合わせたものらしいが、命名者は、日本語の助詞「も」も念頭に置いていたのではないだろうか。ＪＲ東日本が導入している同様のＩＣカードＳｕｉｃａ等他の交通系ＩＣカードとの互換性や商店での電子マネー機能としても使用可能だからである。

ＰＡＳＭＯのような交通系ＩＣカードはプリペイド方式であり、予めチャージした金額内で、自動的に改札口で引き落とされる。そのために我々は引き落とされる金額を余り気にしない。通常は、残額が引き落とし金額に足りなければ、改札が閉まってしまい、改札内の機械で新たにチャージをしなければ改札を出られない。しかし、オートチャージの設定をしておけば、それすらもない。

かつては、電車に乗る前に料金表を見て、料金を確認し、切符を買っていた。料金はほぼ距離に比例する。そのために、切符の金額で、目的地までの距離をおおよそ想定していた。しかし、ＩＣカードになってからは、乗車前に予め料金表を見て、目的地までの距離をおおよそ想定するということが少なくなった。作者はそのことを悲しんでいるのである。
もちろん、距離感を喪ったということ自体が悲しいのではない。距離感の喪失に象徴されるもろもろの人間の感覚、感情が喪われてきていることを深く悲しんでいるのである。思えば我々は、科学文明の発達によって多くの恩恵を被ってきたが、その恩恵と引き換えに喪ってきたものも少なくない。この作品はそのような現代文明を鋭く批判した一首とも言えよう。

切りかけのキャベツを置きて彷徨に出でたる春の忘れがたしも
打ち明けんと幾たびか思いとどまりぬ何処にでもある悲しみなれば
生きるのは面倒といい三時ごろかならずジョギングに出ていく不思議

2016/04/06

萬葉ゼミいよよすたれて筋よきに狙ひをさだめ拉致するといふ

島田修三『東洋の秋』（二〇〇七年、ながらみ書房）

このところ、文部科学省が国立大学の文系学部の縮小、再編の方針を打ち出して、議論を呼んでいる。中でもやり玉に挙がっているのが、文学部と教員養成学部であり、文学部の中では特に古典文学への風当たりが強いようだ。

作者は名古屋の私立大学の学長の要職にあるが、専門は万葉集を含む日本の上代文学である。この一首、二句目までは作者の嘆きであろうが、結句の「いふ」があるので、三句目以下は後輩の教員の話を聞いたのであろうか。

確かに、最近の文学部の学生にとっても万葉集は人気がない。四月にゼミの募集をしても学生が殆ど集まらないのだろう。現在の大学のシステムがよくわからないが、昔で言えば大教室で行う一般教養の講義のようなところで、少しでも関心のありそうな学生を見つけ出し、個別に説得して、万葉集のゼミに誘うという。何とも涙ぐましい努力である。

万葉集は、明治以降に作られた「国民文学」であるとの研究もあるが、確かにかつては学生の人気は高かった。しかもそれは文学部の学生に限定されたものではなかった。学徒出陣の際に多くの学生が万葉集やその解説書(例えば、斎藤茂吉の『万葉秀歌』など)を荷物に忍ばせていったというところからもそれはうかがわれる。

「狙ひをさだめ」とか「拉致」とか少し物騒な言い回しを使って、戯画的に歌っているのがこの作品の魅力であるが、内容が示すものの意味は大きい。とりあえず社会の役に立ちそうにもないものを極めるのも大学の重要な使命ではないだろうかと思う。実利に偏重した社会は大きな歪を抱えることになる。

トンカツの揚げあがらむとする音の軽快なるを聴きつつぞゐる
端的に敬語もちゐる学生のわが子にあらば頭《かしら》かき撫でむ
凶状を負ひたるものどち姑息にぞ寄り添ひ名を変へ銀行はも嘉し

2016/04/08

みづからの手に織りてゆく未来とぞ思ひしころの鍵が出てくる

宮本永子『青つばき』(二〇一三年、角川書店)

抽斗の整理などをしていて古い鍵が出てきたのであろう。作者は何の鍵だったかは覚えていないが、たしか結婚前に使っていたことは覚えているのだ。

結婚前の青春時代、それは誰にとってもが夢に溢れている時期である。自分の前途には限りない未来が開けており、それをどのように生きていくかは自分次第である。誰もがそう思っていた。作者はここで人生を織物に例えて「織りてゆく未来」という表現を使っている。

やがて社会に出て、結婚などすると、人生という布は必ずしも「みづからの手」だけで織ってはいけないことに気が付く。家族の、職場の、地域の、社会の人達と互いに理解し合い、助け合わなければ生きていけないことを知る。

思いがけず抽斗から出てきた鍵は、ゆくりなくも青春時代を思い出させる。そしてその頃の自分がいかに傲慢だったかを改めて知るのである。

午前も午後も書いて書きまくる人間はその身そのまま鉛筆になる
くたびれて倒れ臥したる自転車のあをくさはらの海にただよふ
〈明るい〉は日と月のこと夕ぐれに翳《かげ》りやすきはわたしの心

2016/04/11

いもうとの戒名はやく憶えおり水に死す「遊水善童女」五つ

池本一郎『萱鳴り』（二〇一三年、砂子屋書房）

この作者の作品は「上手い」というよりも「味わいがある」と言った方がいいと思う。この作品も、特別なレトリックは無く、素っ気ないくらいである。むしろ、どことなくごつごつとした印象を受ける。それでいて、深く心に沁みてくる。

作者の妹はまだ五歳の時に事故で水死したようだ。その子に親（実際には菩提寺の住職かも知れないが）が付けた戒名が「遊水善童女」なのである。そして、まだ幼い兄である作者はその戒名をすぐに覚えてしまったと言う。一般的な大人の戒名に比べれば短いが、まだ幼なかった作者にとっては難しかったに違いないだろうが。

戒名の「遊水」という語句が切ない。溺れ死んだことを、水に遊んだと言っているのである。せめてもの親の思いやりであろう。苦しんだとは思いたくなく、水と遊びながら彼岸へ行ったと思いたいのである。古来日本には「言霊」という考えがある。言葉には不思議な霊威があり、話した言葉通りの事象がもたらされると信じられていた。「遊水」という戒名を付けたことで、親たちの心の中では、妹は本当に遊びながら彼岸に行ったのであろう。

当時まだ十歳前後であったであろう作者は、親が唱えている妹の戒名を覚えてしまった。多分、漢字を知ったのはずっと後のことで、その時は音だけで覚えていたのではないだろうか。大きくなって、漢字を知り、戒名の意味を知った。また、作者自身が親になって、初めて昔の親に気持ちが理解出来たに違いない。ひょっとしたら、その時の親の気持ちを思いやることができなかった自分の幼さを悲しんだのかも知れない。

一基だけ動き出さない風車あり回る風車にとりかこまれて
希は稀なり　まれの意なれば希望とはそうだったかと詠む一首あり
食いかけのセンベイが消ゆペンがない座敷わらしが住みついたらし

2016/04/13

体重をかけながら刃を圧してゆく受け入れられて息の漏れたり

駒田晶子『光のひび』（二〇一五年、書肆侃侃房）

状況としては固い南瓜を切っている場面を想像すればいいだろう。包丁を当てて上から体重をかけて押しながら切ってゆく。南瓜の固い表皮はなかなか包丁の刃を受け入れないが、前後に体重を傾けて揺らしながら押していくと、あるところですっと刃が入っていく。その時にふっと溜息が漏れたという。「受け入れられて」というところが人と人との関係のようで面白い。なお、「おす」には「押す」と「圧す」の漢字があるが、この場合はやはり「圧す」の方が相応しい。

読者の方も読みながら息を止めて思わず力が入っていくが、結句に至って作者の息にシンクロするかのようにふっと息が漏れてしまう。このように、作者と読者の気持ちや生理的反応が同調するというのも短歌の面白さの一つなのだ。小説の場合は、登場人物の気持ちになれることはあっても、直接的に小説家の息遣いが伝わってくることは少ない。。

この作品はいわゆる「厨歌」の一つであるが、考えてみると家事、特に台所仕事は沢山の短歌の素材に溢れているように思える。最近は、男性でも台所に入る人が増えているが、日常的に台所に立つ女性は沢山に歌の素材に囲まれているようで、その点では男性より有利だと思う。もっとも、こんなことを書くと、日常的に調理をする女性の苦労を知らないからだと反発を買うかも知れないが。

ラ・フランス　ゼリーに沈み人体の標本のようにつめたくしずか

出力を上げて体を震わせて飛行機はいま本気となりぬ

子の下着ばかりを畳む三人の子あれば三つの異なるサイズ

2016/04/15

聞きながら胸痛くなるおさなごの泣き声弱まりくればなおさら

久々湊盈子『風羅集』（二〇一二年、砂子屋書房）

最近、面白い記事を見た。カナダのある生物学者が、野外で鹿の母親に犬、猫、アザラシ、蝙蝠、人間などの赤ん坊の泣き声を聞かせるという実験をしたところ、基本的周波数が鹿の許容範囲内だと、いずれも強く反応したという。結論としては、母親の強い反応を引き起こす赤ん坊の泣き声の特徴は、たとえ種が離れていても、哺乳類ではある程度共通しているという。そしてその理由として、自分の子供かどうかを確かめるために行動を遅らせるよりも、間違っていてもとにかく早く反応する方が適応的であるという仮説を上げていた。

人間同士の場合は種が同じであるだけに、更にこの傾向が強いのであろう。男性もそのような面があるが、女性の場合は特に赤ん坊の泣き声に強く反応するようだ。「反応」という言葉を使うと語弊があるかも知れないが、要は感情を強く動かされるのである。まだ言葉や歩行能力を獲得していない段階の赤ん坊が大人に対して発する信号としては泣き声しかない。その信号の理由は幾つかあろう。空腹、眠気、寒暖、オムツが濡れた不快感、差し迫った危険等々の状況から大人に守ってもらうために泣くのである。赤ん坊を持つ母親の場合は、自分の赤ん坊の泣き声で、その原因が空腹だとか、オムツだとかが判るようだ。哺乳類の中でも特に社会を営むことに長けるように進化してきた人間では、他人の子供の泣き声にも強く心を動かされるのだと思う。

この一首、電車の中の一場面であろうか。作者は、赤ん坊の泣き声が聞こえてくると胸が痛くなるという。赤ちゃんはおなかがすいているのではないだろうか、オムツが濡れているのではいだろうかと心配するのだろう。その赤ん坊の声が弱まってくるということは、その不快の状態が改善されたということではなく、むしろ放置されていることを意味する。そのことに作者は一層胸が痛くなるのだ。この場合、優しい感情というよりも、もっと脳の深いところに潜む本能的な衝動のようなものを感じる。下句の句跨りはあまり気にならない。

冬瓜を葛にとじたる一椀をよろこびくれし舅《ちち》も亡きなり
雪催い空《くう》を運びきし路線バスわれを拾いて胴震いせり
日常のここが切り岸　中央線けさも人身事故にて遅る

2016/04/18

おもふさま隣の境越えて散る椿のあかき花おびただし

山中律雄『仮象』（二〇一六年、現代短歌社）

作者は僧職にあり、名前は「りつお」ではなく「りつゆう」と読む。歌集のタイトルは集中の「飛行機の窓よりみればかがやきて仮象のごとく夜の街はあり」から取られている。「仮象《けしょう》」とは本来は哲学用語であり、ドイツ語のScheinの訳である。実在的対象を反映しているように見えながら、対応すべき客観的実在性のないことを意味する。単なる主観的な形象。仮の形。偽りの姿とも言い換えることもできよう。作者がこの言葉を歌集のタイトルとしたことは興味深い。

掲出の作品であるが、おびただしい椿の花の赤さが読者に強烈なイメージを喚起させる。初句の「おもふさま」には、作者の願望のようなものが含まれているような気がする。思うようにいかないのが浮世である。我々俗人でさえそうなのであるから、ましてや僧職にある作者は更に様々な規律や規範で縛られているのであろう。時には、易々と境界を越えていく椿の花を羨ましく思うこともあるだろう。作者にその意識はなくとも、深層心理としてあるのではないだろうか。人間の作った規範に関りなく、自然の摂理のままに境界を越えて、その果てに存分に散ってしまう椿の花は、規範に縛られて生きてゆく我々をあざ笑っているようにも思える。その椿の哄笑が赤という強烈な色彩なのではないだろうか。美しくも少しばかり怖い光景でもある。

覚えあるものもあるいはなきものもこぞりて庭の菜園に萌ゆ
老いたるは薔薇さへ棘の少なきを話に聞きてうべなふわれは
点灯の紐探さんと二度三度闇におほきく両腕を掻く

2016/04/22

なきひとに会いにゆく旅ナトリウムランプのあかりちぎれちぎれて

佐藤弓生『モーヴ色のあめふる』（二〇一五年、書肆侃侃房）

ナトリウムランプとは、ガラス管に封入したナトリウム蒸気のアーク放電による発光を利用したランプである。橙黄色の単色光で、色の見分けが困難なため、一般の照明には不向きであるが、単色光であることが視認性向上などで有利となっているために、主として、道路やトンネル内の照明に利用されている。。

この一首、「なきひとに会いにいく」だから、親戚か知人・友人の葬儀か、或いは法要に出席のために高速道路を走行しているのであろう。もし、トンネルではないと想定すると、照明を点けているのは夜であろうから、予め予定の立つ法要ではなく、突然の訃報で、取り急ぎ駆けつける途中という可能性が高くなる。「ちぎれちぎれて」というのは、ナトリウムランプが道路（或いはトンネル内）に数メートル置きに設置されているので、高速で走行すると、光源がとびとびに視野を過ぎるということであろう。

前述の通り、ナトリウムランプは橙黄色の光であるから、自然光に比較して、不自然な印象を受ける。それがちぎれちぎれに視野を過ぎていくということは、何か不穏というか、不吉な印象を醸し出す。そのことが作者の心の中の深い哀しみに重なり合っている。

「ナトリウムランプ」というような外国語は、一般的に短歌のリズムに乗せるのが難しいが、これは句割れというレトリックを巧みに利用して、見事に定型に収まった。

おはじきがお金に変わり、ながいながいあそびのはての生のはじまり
地をたたく白杖の音しきりなり地中の水をたどるごとくに
鳩は飛ぶ　風切羽の内側にゆうべの月のにおいをためて

2016/04/25

まはだかのことばひりひりはきはきと「二度ととうさんとはあそばない」

本多稜『こどもたんか』(二〇一二年、角川書店)

タイトルが示すように、全篇が子供の歌で埋め尽くされたユニークな歌集である。山岳歌人、国際ビジネスマンという印象が強かった作者の家庭における意外な面を見るようで面白かった。

子供は二歳位であろうか。若い父親である作者は子供と遊ぶのが楽しくてたまらない。子供も普段は忙しい父親が遊んでくれるのがうれしい。しかし、遊んでいる中で時々行き違いが出て来る。親の方は、おっと機嫌を損ねたかなと思うのだが、子供の方はかなり真剣である。子供は親に対してできる「報復」の手段を考える。それが「二度ととうさんとはあそばない」なのである。子供は、この「恫喝」の効果を疑わない。自分は父さんと遊べなくなったら悲しい。だから、父さんも自分と遊べなくなったら悲しいはずだ。この論理に基づく「最後通牒」で親は反省・譲歩するはずだと幼いながらの打算を巡らせる。

その子供の「恫喝」を作者は「まはだかのことば」だと思い、「ひりひりはきはき」だと思うのである。作者にとってそれは一切の虚飾性を排した真の言葉であり、その意味で、まさに「まはだかのことば」なのである。また、その言葉は子供の期待とは違う意味で作者に衝撃を与える。子供のその真剣さはまさに「ひりひりはりはり」と作者を打つのである。

全体にひらがなを多用していることや、子供の言葉をそのまま歌に引き込んでいることは、親としての上から目線ではなく、あくまで子供の目線まで身を低くして歌おうという姿勢であろう。下句は「二度ととうさん／とは遊ばない」と句跨りできちんと十四音に収まっている。俵万智の帯文に「スナップ写真のように生き生きと子どもをとらえた歌の数々」とあるのも頷ける。

聞けよ父は何でもなんでも出来るのだ母乳をくれてやる以外なら
ぼくはもう自由の身だよお着替えも歯磨きだってやっちゃったから
はっきりと言える言葉はまずママでその次がイヤッ他はまだなし

2016/04/27

折り畳み傘で造りの強い傘拡げて差して吹雪く道を行く

奥村晃作『造りの強い傘』（二〇一四年、青磁社）

折り畳み傘というものは便利なものである。一九二八年にあるドイツ人が発案して、特許を取得し、その特許の許諾を受けたクニルプス社という会社が製造販売を始めたと言われている。同社は現代でも折り畳み傘の世界のトップブランドである。日本でも同様の製品が開発製造されたが、かつては特許の関係でかなり高価だった。

ビニール傘が、外出先で急に雨に降られたときにコンビニやキオスクなどで買うものという性格が強いのに対し、折り畳み傘の方は、その携帯性から、外出先で雨に降られる可能性がある時に予めバッグの底に忍ばせておくものという印象が強い。親骨の素材はステンレスだと強いが重い。アルミ製は軽いが折れやすい。グラスファイバー製は軽くて折れに強く、カーボンファイバー製は更に軽くて丈夫である。ただし、カーボンファイバーはゴルフクラブのシャフトや釣り竿、航空機の部品などにも使われる先端素材であり、それなりに高価である。

カーボンファイバーを使った折り畳み傘は高価でも確かに「造りの強い傘」であろう。この一首で、作者はその「造りの強さ」にいたく感動している。考えてみると、昔は傘というものは結構貴重な物であり、一家全員の分があるという家は少なかった。雨が降ると勤めに行く父親、学校へ行く子供たちなど全員の分の傘がなくて、誰かが濡れて行くというような悲しい話がよくあった。壊れても必ず修理して使っていた。それがいつの間にか使い捨てに近い商品になったのは、安価なビニール傘、無くしてもさほど苦にならない折り畳み傘の出現などによるものだろう。作者は傘にまつわる自分の小さい頃のことを思い出しているのかも知れない。

「造りの強い傘」というかなり散文的な言い回しに妙な面白さがある。「拡げて差して」というような動詞の連用形を「て」で繋いでいく表現方法は、一般的には敬遠されるが、ここではその粘着性が逆に剛直さとなっている。まして、その傘を差して行くのは「吹雪く道」なのである。吹雪の道を「造りの強い」折り畳み傘を短く持ちながら、身を斜めにして一歩一歩歩んでゆく作者の姿を思い浮かべることができる。この一首は、歌集のタイトルともなっているので、作者としても思い入れの強い作品なのであろう。

正面から見るとやっぱし違うわな一味違うシェパードの顔
むしけらと馬鹿にするけど蚊や蟻は生き継ぐであろう他の種滅びても
尺玉を固め打ちする如くにも雷鳴響く夏黒き空

2016/04/29

離陸する別れのつよさを繰り返し見てをり秋の空港に来て

梅内美華子『エクウス』（二〇一一年、角川書店）

一般的なジェット機の離陸の手順は、先ず、滑走路内で機体を完全に停止させ、50%程度のエンジン出力にして、エンジン出力が安定したのを確認してから、車輪（ギア）のブレーキを外せばオートスロットルが作動して、エンジン出力が離陸推力にまで上昇する。この間は大きなエンジン音がして、機体がかすかに胴震いする。機体はそれから滑走を始め、ある程度の速度になった時に機首を上げれば離陸する。その間の高いエンジン音と機体の振動は、乗っている乗客も、外で見ている人間も強く感じることができる。

この作品では「見てをり」とあるから、作者は乗客ではなく、見送りや出迎えなどのためにたま空港へ来たのであろう。そして、多分大きなジェット機の離陸の様を見た。急送にエンジンの出力音を上げながら、胴震いするような機体の緊張を「別れのつよさ」だと感じたという。確かに乗客はこれからの旅の期待に胸が膨らんでいるであろうが、見送る者にとっては、それは「別れ」なのである。移住のために出国する人の場合も残された家族や友人がいるであろうし、日本を離れて帰国する外国人の場合も滞在中に知り合った日本人もあるであろう。いずれも「別れ」なのであり、その惜別の感情の強さがあのエンジン音と機体の緊張なのだと感じているのだ。しかも、「繰り返し」とあるから、作者は次から次へと離陸する機体をずっと見続けている。

この作品を作った時の作者は、自分自身のそれまでの人生におけるいくつかの「別れ」を意識したのかも知れない。そして、それらの自分自身が体験した「別れ」の強さを、眼前のジェット機の離陸の「つよさ」と重ねているようにも思える。「秋」という季節の設定も、「別れのつよさ」を増幅させるのに役立っているようだ。

父病めばふつうの呼吸の美しさきこえくるなり街に電車に
寒い雨に熱燗をのむほんたうは腹の底ひに火がほしいのだ
新品の白妙の下着供へらるあの世で着替へする死者のため

2016/05/02

思うことなきときに酌みありて酌む遠き肥前の「六十餘州」

三枝昂之『それぞれの桜』(二〇一六年、現代短歌社)

律令時代に定められた七道六十六国に壱岐、対馬を加えて「六十餘(余)州」という言い方がある。要は、日本全国津々浦々という意味である。歌川広重が描いた「六十余州名所図会」という浮世絵の連作もある。長崎のある蔵元がその「六十餘州」と名付けた日本酒を製造、販売している。日本酒や焼酎の名前の付け方には興味深いものがあるが、これはまた実にスケールの大きなネーミングだと思う。何しろ、〝日本全体〟という意味なのであるから。しかも、「ロクジュウヨシュウ」もどことなく調べが滑らかで、かつ勇壮である。居酒屋などに置いてあれば、思わず頼んでしまいそうである。

作者は、何も考えることのないときにこの「六十餘州」を飲む。悩みのないときに飲む酒はうまい。また、悩みがあるときにも飲むという。辛い時は酒を飲むに限る。ひととき、悩みを忘れることができる。どちらにせよ酒は飲むのだが、それが〝肥前の「六十餘州」〟だというのが面白い。楽しい心はますます楽しくなり、悩みは「六十餘州」、即ち日本全体に拡散して薄まってしまう。上句の対句構造が心地よく、下句の調べもリズミカルである。計算しつくされた文体だと思う。

酒の歌は昔から多いが、どれも楽しい。酒飲みの自己弁護だろうか。この歌集にも他に何首か楽しい酒の歌があった。

満月とメールを送り窓に寄りオリオンビール二本をあける
まずは注ぎ杯を合わせて甲斐が嶺のほんのり温き「粒粒辛苦」

お茶の水は雨脚の街「獺祭」を酌みて壮行会終わりたり

2016/05/04

金箔の厨子閉ざす夜のはるかより雪しづくする音のきこゆる

櫟原聰『華厳集』(二〇一六年、砂子屋書房

「厨子」は、仏像、仏舎利、経典、位牌などを中に安置する仏具の一種である。歌集「後記」に「東大寺に関係する学園に六年間を学び、大学を出てからはそこに職を得て、いつしか四十年を閲することとなった。その間、半ばは東大寺の境内に過ごし、心は常に華厳の教えとともにあった」とある。厨子なども比較的身近な存在なのであろう。

多分東大寺のどこかにあるのであろう金箔を貼った厨子である。その中に安置されている仏像か何かを拝んだ後であろうか。作者は慎みながらその扉を閉ざす。その時に雪がザーと落ちる音が聞こえたという。読者にもその音が聞こえてくるような感じもするが、全体としては極めて静寂な印象の一首である。

「金箔の厨子」は紛れもなく眼前の物であるが、「はるかより」聞こえる雪のしずくする音は遠い遠い過去から聞こえてくるような気がする。ひょっとしたら、それは遠い昔に釈迦が涅槃に入った時から聞こえてくる音なのかも知れないとさえ思う。現在と過去が自由に行き交っているような一首だ。

厨子の金色と雪の白との色彩の強烈なイメージの対比が鮮やかであり、視覚と聴覚の取り合わせもこの場合は成功していると思う。美しくも、淋しい一首である。宗教的というよりも、宇宙的な印象を受ける作品でもある。

陽がさせば大樹の頭より雪散りぬ火花のごとくきらめきて落ち
遠き泉の調べ聴きつつ合歓の木の下に眠らむ揺椅子置きて
失ひし教へ子思ふ幾人か幾十人か思へば苦し

2016/05/06

この家に女《をみな》をらねば鏡といふ鏡くもれり秋ふかむ中

桑原正紀『天意』（二〇一〇年、短歌研究社）

鏡というものも実に不思議なものである。物理的には、可視光線を反射する物体に過ぎないのだが、鏡によって人間は初めて自分自身の姿を客観的に認識する手段を得た。それは人間が便利な物を得たというよりも、自己認識という深い哲学性を人間にもたらしたと言えよう。そのために鏡は古来から霊的な性格を有する物質と考えられてきた。例えば、卑弥呼の「銅鏡」、三種の神器の「八咫鏡」、隠れキリシタンの「魔鏡」などが思い浮かぶ。そして鏡は常に女性と結びついてきた。女性もまた鏡のような霊的な存在なのかも知れない。

掲出歌の作者の妻は突然の脳動脈瘤破裂で倒れた。一時は医師から絶望的と言われたのが、その後奇跡的に持ち直したという。夫婦に子供はいない。妻が入院すれば、家の中には女性はいなくなる。男は鏡を見ないこともないが、あまり熱心には見ない。鏡が曇っていても、著しい支障がない限り、拭おうということもあまりしない。女性であれば必ず磨くであろう家の中の鏡がいつしか曇ってくる。そして妻の支えを失った男は常に無力である。

ここでは、鏡が曇るという事象を通じて、大切な妻が今はこの家にいないという深い虚脱感が滲み出ている。たった一人の家族である妻が重い病気と闘っている。その妻を作者は文字通り献身的に介護をしている。妻の容態は快方に向かっているとはいえ、完全に元に戻ることはないらしい。鏡が曇るということはその不安感の喩とも取れようが、読者はそれが「秋ふかむ中」であるということに一抹の救いを感じる。介護する方もされる方も辛い毎日であろうが、その夫婦愛は清明に晴れ渡った晩秋の空のように美しく澄み切っているのだ。

〈覚悟〉より解き放たれて見あぐれば突きぬけて紺青の空あり
妻を看るこの生活をいましばし続けよといふ天意なるべし
柚子ひとつ浮かべてあそぶ夜の湯にさみしき霊もきてあそべかし

2016/05/09

うごく手は罰せられたりははの手を安全帯なる布が縛れり

紺野裕子『硝子のむかう』（二〇一二年、六花書林）

「安全帯」とは通常は高い所で作業をする場合などに使用する命綱付きベルトを指す時が多いが、ここでは病院などで患者が無意識に手足を動かして、ベッドから転落するとか、点滴の針を自分で抜いてしまうようなことを防止するために、患者の手足をベッドの柵などに緊縛する布又は紐を指している。

福島に住んでいた作者の母は脳梗塞で倒れ、心身に重い後遺症が残った。恐らく、病院のベッドの上で無意識のうちに自分で点滴の針を抜いてしまったりするのであろう。病院にとってはさぞかし厄介な患者だったに違いない。二十四時間見守るわけにもいかない。それでなくても人手が足りない。何かあったら病院側の責任が問われる。已むを得ず手足をタオルなどでベッドの柵に緊縛することになる。もちろん、家族に事情を説明し、同意を得てからのことではあろうが。

娘である作者としては、その事情は十分に理解はしているものの、やはり辛くて仕方がない。「うごく手」には〝自分で動かせる手なのに〟という作者の気持ちが込められているのであろう。「罰せられたり」は実に強烈な言葉である。罰したのは病院というよりも、それに同意せざるを得なかった自分なのかも知れないという気持ちもあるのだろう。今は、天真爛漫になってしまった母なのに、その天使のようになってしまった母の手を罰しているのだと思えば、娘としては辛い。ましてや、その布が「安全帯」と呼ばれている。確かに母の「安全」のためには違いないのだが、その「安全」と引き換えに、母は人間としての尊厳を失ってしまった。「安全帯」とは何という皮肉な名称であろうか。その後、作者の母は亡くなった。享年八十二歳だったという。

この一首の持つ意味の重さは単に作者一人だけのものではない。多くの団塊世代の共有する課題であり、高齢化社会となった日本全体で背負わなければならない問題なのだ。そのことをこの一首は訴えてやまない。

会ひにゆく日にち知らせしわが葉書ははのバッグにしまはれてあり
五十二キロのははを抱ふる看護師の五本のゆびは尻にくひ込む
畑なかの墓の相寄る南面にははの簡素の墓をたてたり

2016/05/11

しづかなるたたかひさながら春の雪吸はるるごとく木立に降りこむ

松永智子『川の音』（二〇一六年、本阿弥書店）

春先のテレビの気象解説などを見ていると、気象解説者が日本列島の周辺で「冬の寒気」と「春の暖気」が押し合いへし合いの戦いをしていると解説することがある。北の「冬の寒気」が優勢になって、南に降りてくると「寒の戻り」になり、逆に南の「春の暖気」が優勢になって北に上がってゆくと列島には温かい春が到来する。両気団がそんな押し合いへし合いを繰り返しながら、日本列島の上で徐々に「春の暖気」が「冬の寒気」を北に押しやり、本格的な春になるというものである。それらしいイラストのキャラクターが画面上で動いていたりして分かりやすい。

そのようなことを思いながら、この作品を読んだ。「木立」はこれから枝葉を延ばしていこうとする生命の象徴、即ち、「春」の比喩とも取れよう。一方、「雪」は、「春の」とついてはいるものの、実態的には冬の名残であり、それはさしずめ「冬」の比喩であろう。つまり、ここでは春の生命感を象徴する木立に、冬の名残の雪が最後の戦いを挑んでいるように思える。そしてその戦いは音のない世界で静かに、しかし激しく展開されていて、結句の「降りこむ」という表現は、ニュアンスとしては「斬り込む」と言っているような気がする。

春の木立に雪が降っている光景を木立と雪の静かな「たたかひ」と見た作者の感覚は繊細で確かだと思う。嘱目詠ではありながら、心は深いところに届いており、自然への畏怖のようなものさえも感じられる。

ひとのころゑとほくにありて讃岐の野あかあかさびし　いま麦の秋
夜のふけの鴉の声なり唐突に啼きはたとやみ闇をふかくす
ひそやかに風すぐるおと星の夜の竹の林に入りゆきて聞く

2016/05/13

子をいつか困らせぬようアルバムは燃えざるリングのつかぬを選《よ》らん

鈴木英子『月光葬』（二〇一四年、KADOKAWA）

ゴミの分別というものは意外と面倒なものである。しかも市区町村によって分別方法が違うことが多い。それを処理する焼却炉の性能などが市区町村によって違うためであり、その市町村のホームページなどで極めて詳細な分類区分が指定されている。分類区分をきちんと守らないと、焼却炉のトラブルや劣化などに繋がることが多いからである。

親が亡くなれば子供は遺品の整理をする。親にとっては大切だった写真も、子供にとってはあまり意味を持たないものが少なくない。アルバムなども、その中の必要な数枚の写真だけを外して、あとは全部廃棄することが多いだろう。ところで、アルバムを廃棄するときは「燃えるゴミ」なのだろうか、それとも「燃えないゴミ」なのだろうか。アルバムにも様々な種類があるが、掲出歌の「アルバム」は、多分、厚紙の台紙の上に写真を置き、その上から台紙全体を少し粘着力のある透明なビニール製のシートで覆い、数十枚の台紙を金属製の螺旋型のリングで閉じるタイプのものであろう。このタイプは少し前に一般的だったが、現在では、デジタルカメラやスマートフォンで撮影した写真をパソコンなどで電子的に整理、保存する人が多いようだ。

前記のようなアルバムを廃棄する時は、本当は金属製のリングを外して、それは「燃えないゴミ」として出し、それ以外の部分は「燃えるゴミ」なのだろうと思うが、螺旋型の硬いリングは外すのが大変である。台紙を引きちぎって外そうとしても、台紙の方も極めて頑丈にできている。遺品の整理をしようとする子供はさぞかし困るであろう。そんなことを思って作者はリングの無いタイプのアルバムを選ぶと言っている。「燃えざる」「つかぬ」という二重否定が切ない。

歌集によれば、作者のお子さんは少しハンディを背負っているようであるが、親が元気な間は親が子供を庇護し、助けることができる。しかし、自分たちがいなくなった後、この子はこの生き難い社会をどのようにして生きていくのだろうか。そう思うと親としてはたまらなく辛い気持ちになる。今のうちに親として出来るだけのことをしておいてやりたいと思うのであろう。ささやかなことではあるが、アルバムのリングも確かにその一つなのだ。深刻な内容の歌集であるが、作品はどれも美しく純化されている。

水に力、確かにあると思いけり泣ききりしのち力生まれき
タカアシガニが不自由そうに歩くなりわがかりそめはガラスが映す
生きてゆく機能はこんなにちいさくて備えられおり羽虫、蚊に蠅

2016/05/16

翅ひろげ飛び立つ前の姿なす悲という文字のアシンメトリー

遠藤由季『アシンメトリー』(二〇一〇年、短歌研究社)

英語のsymmetryは左右対称である状態を意味し、それに否定の接頭辞aが付いたasymmetryは「非対称」という意味になる。左右対称は美しく、整合性があるが、非対称は整合性がない。もっとも芸術の世界では、その非対称性が美しいとされることもあるが。

漢字の「悲」の文字はなるほど「翅ひろげ飛び立つ前の姿」をしているように見える。上の部分の「非」が左右それぞれ三枚の翼を広げた鳥か昆虫の姿に見えるからである、しかも、下の部分に「心」がある。心あるもの、つまり、動物を連想させる。そして「非」の部分は左右対称であるが、「心」の部分は左右対称ではない。従って、全体として「悲」という文字は左右対称になっていない。即ち、アシンメトリーなのである。漢字の姿を歌った短歌は沢山あるが(例えば、「海」という字の中に「母」がいる、といった発想の歌など)、この一首は、単なる見立てではないことは言うまでもない。

左右対称でない文字は他にも沢山ある。しかし、作者はその中で敢えて「悲」という文字に注目した。というよりも、この時の作者の目には「悲」という文字以外はあまり心が留まらなかったのかも知れない。歌集の中の作品によれば、作者は細やかすぎる精神を持った男性を愛してしまったようだ。その悲しみは作者の人生の上で、単に精神的な悲しみのレベルに留まらず、生活の上でも様々な軋みをもたらすようになったようだ。その結果として作者が拘ったのが「悲」という文字の左右非対称性なのだと思う。「飛び立つ」という表現は明るく幸福な未来に向かうことを連想させる。しかし、作者は、飛び立つ前にその文字が対象ではないことに気がついたのだ。幸福な未来へ向かうことの困難と苦しみを思わざるを得ない。「悲」とはそんな文字なのだろう。暗示性の深い作品である。作者自身の悲しみから紡ぎ出された作品であるが、その悲しみは普遍性を持っているように思える。

革製のブーツを履きて街をゆく冒険をせぬつま先鋭く
内なる渦を決して見せまいと震えつつ脱水をする洗濯機とわれ
裂けそうなわれを縫わむとペルセウス座流星群はちくんと光る

2016/05/18

煙草の火貸して寄せ合ふ顔ありき　あれは男の刹那の絆

春日いづみ『八月の耳』(二〇一四年、ながらみ書房)

最近はこのようなことは殆ど見ないが、以前は街角での日常的な光景だった。煙草を吸おうと思ってポケットを探ると、煙草の箱はあるのだが、生憎とマッチもライターもない。たまたま近くに煙草を吸っている人がいると、たとえそれが見知らぬ人であっても、「すみません。火を貸して下さい。」と言いながら傍による。相手の男も「どうぞ。」と言って火を点けさせてくれる。その場合、お互いに顔を寄せ合って、それぞれの口の煙草の先端同士を接触させて火を移す。その時、お互いにそれぞれの煙草を吸いながら接触させる。その方が、火を貸す方は煙草の先端の火の勢いが増し、借りる方も自分の煙草に火が移りやすい。

それにしても「火を貸す」というのは少し不思議な表現だと思う。貸す方は相手の煙草に火が付くまでの間、吸ってはいるもののそれは自分のために吸っているのではなく、いわば相手のために吸っている。つまり、自分の煙草の火を一時的に相手に自由にさせる。それが丁度、本を貸す、CDを貸すのと同じことだというので、「貸す」という表現が生まれたのであろう。

さてこの一首、「き」という過去の助動詞を使っているので、作者もやはり、昔そんなシーンをよく目にした、と回想しているのだ。そして、その男同士の絆は、「刹那の絆」だと言っている。「刹那」は本来、仏教用語であり、一指弾（一回指を弾く極めて短い時間）の間に六十五刹那あるとされていた。つまり、指を鳴らして「パチン」という音がする一瞬を更に六十五等分した一つが「一刹那」であるというから、とんでもなく短い時間である。もっとも、現代ではそんな本来の定義は忘れてしまって、単に「短い時間」という意味で使われており、現代短歌でもよく使われる言葉である。しかも「刹那的快楽」などというように、余り良い意味で使われない時もある。そしてここでも、作者が「刹那の絆」と言ったところに、男たちが連帯だとか絆だとか言っていても、所詮は刹那的なその場限りのものなのだという、多少冷め切った冷ややかな気持ちが感じられる。懐かしい光景ではあるが、女性の男性に対する批判的な視線が感じられる一首である。

本日のわが寛容は何グラム銀の秤の静かに揺れて
にんげんのこどもはつらいね語尾を引き蟬が励ます宿題の子を
蠟燭の炎の揺れて夏至の夜の蛍スイッチ飛びゆくごとし

2016/05/20

ごきげんよう　お美しいわ　またお逢ひいたしませう　以上みな嘘

山埜井喜美枝『月の客』（二〇一一年、角川書店）

女性同士の挨拶は、我々男性から見るとつくづく不思議だと思う。男性の友人同士の挨拶だと「おっ！しばらく！」で済んでしまうが、女性同士の挨拶はとにかく、馬鹿丁寧で、しかも挨拶の応酬を延々と繰り返し、長々しい。どうやらそうすることが女性同士の社交を円滑にする秘訣らしい。しかし、その美辞麗句には相当の誇張や虚偽が含まれている。そのことに女性自身も気付いている。気付いていながら、交際を円滑に行うために、やはりそのような挨拶を交わしているのであろう。

「ごきげんよう」は本来は「次回会う時までご機嫌よくお過ごし下さい」＝「お元気で」という意味で、昔の女学生たちがよく使ったようだ。「お美しいは」相手の容姿を賛美する言葉であるが、やや空々しい印象を受けないでもない。「またお逢ひいたしませう」は別れの際の形式的な挨拶言葉であり、必ずしも真に再会を希求しているとは言えない。どれも、女性同士の挨拶でよく出て来る言葉であろう。作者はそのような挨拶言葉を列挙した上で、「以上みな嘘」とさばさばと言い切っている。その勇気が実に痛快であり、ここにこの作者の独自性がある。四句目まで柔らかく嫋やかな女性の話し言葉であり、結句に来て突然リズムが転換し、明快で断定的な言い方になっているのが、とても面白い。

それにしても、男性ではなく、女性がこのように歌うことに注目したい。女性であるからこそ、同性のことがよく判っているのであろう。皮肉ということではなく、本音の吐露であろう。男性がこう歌うと女性の反発を招くであろうが、女性が歌うと女性にも共感を得るのかも知れない。

〈花《はあな》いりませんか〉銭取ると思へぬ雅びなる振り売りのこゑ
おとなしうおとなしうせよと言ひ聞かす触れなば破れむ怒りぶくろに
健康のための一杯快楽のためのお代りその後不明

2016/05/23

テレビジョン消せば画面の中心に引きこまれゆく部屋が映りぬ

大辻隆弘『汀暮抄』（二〇一二年、砂子屋書房）

少し前のテレビは電源を切ると画面が一瞬周囲からすっと中心に向かって収斂するように消えていった。その後のテレビ画面（昔は、ブラウン管やプラズマ画面だったが、今は主として液晶画面か）の光沢のある表面に部屋の様子が映る。下句はそのことを描写しているのであろう。何でもないことを言っているのだが、なにか不思議な感覚を覚える。ある世界が終わって、全く別の世界が出現するような感覚である。昔のＳＦ映画にあったような、世界規模の核戦争、隕石の衝突、宇宙人の襲来などによって、殆どの人類が滅亡して、ごく少数の人類が生き残った世界のような感覚と言ってもいいかも知れない。或いは、そんなＳＦを持ち出さなくても、大津波の襲来の後には、忽然として以前の世界とは別の世界が出現する。ＳＦにしろ大津波にしろ、前の世界と後の世界と、どちらが真の世界でどちらが虚の世界なのだろうかと思ってしまう。さっきまでテレビを見ていてその画面の世界に浸りきっていた作者も、電源を落とした瞬間にその世界があっという間にその世界の中心に引き込まれて、消えてしまい、忽然と「部屋」という別の世界に投げ出されたような戸惑いを覚えたのだ。

そのこともさることながら、「テレビジョン」という言い方に注目したい。現代日本語には実に様々な略語が溢れている。情報関係だけとっても、「パーソナルコンピューター」は「パソコン」になり、「スマートフォン」は「スマホ」になる。これは文字を略するのなら「スマフォ」になりそうなものだが、何故か「スマホ」となる。このような略し方は確かに新聞の見出しなどには便利である。しかし、言葉を安易に省略すると意味が通じなかったり、誤読されたりすることがある。ある歌会で、「ディの日に……」という表現に出会ったこともある。「ディサービスに行く日に……」という意味なのだが、「ディ」は「日」であるから、これでは「日の日に」になってしまう。では、短歌では略語を使ってはいけないのかと言われると、なかなかそうとも言い切れぬ側面があって難しい。特に、短歌詩型は三十一音という音数の制限があるので、新聞の見出しと同様に、音数が少なくなる略語は便利なことが多い。

「テレビ」は「テレビジョン」の略であるが、テレビ放送開始当時の新聞記事などではまだ「テレビ」という言い方はしていない。長くてもきちんと「テレビジョン」と表現している。葛原妙子の作品に「テレヴィジョンに指揮棒あがる　あなさびし　さびしもよ音頭取よ、とつぶやく」というのがある。指揮者を「音頭取」と言っているのが面白いが、きちんと「テレヴィジョン」と表現している。英語のスペルはTelevision（「遠隔」を表すteleと「視覚」を表すvisionとの合成語）であるから、「テレビジョン」よりは葛原の「テレヴィジョン」の方がより原発音に近いと言えよう。それがいつの間にか「テレビ」と略されるようになった。いずれにせよ、「テレビ」という言葉は現代の日本ではすっかり定着してしまっていて、もはや略語という感覚はない。しかし、掲出歌の作者は「テレビ」という略語ではなく、きちんと「テレビジョン」と表現した。そのことに心から拍手を送りたい気持である。

背の裏に日がまはりきて白樫の樹が凹凸を帯びはじめたり
コスモスの花かたはらに咲く駅に対向列車を待ちあはせたり
山鳩が中途半端に鳴きやみてそののち深き昼は続きぬ

2016/05/25

麗しき朝のひとときの帆を展くこの繰り返しが人にもあれよ

中川佐和子『春の野に鏡を置けば』（二〇一三年、ながらみ書房）

横浜みなと博物館の横に係留されている帆船日本丸の一連の中に置かれている作品なので、日本丸のことなのかも知れないが、何となく、ヨットハーバーに係留されている小さなヨットのような気もする。いずれにせよ、帆船の帆を展くという行為は心ときめくものがある。それは輝かしい未来へ漕ぎ出す期待であり、未知の世界へ冒険に行こうとする勇気でもある。日本丸のようにかつて外洋航路で活躍した本格的大型帆船の、現在もボランティアによって年に数回行われている「総帆展帆」の場合はもちろん、ヨットハーバーに係留されている小さなヨットで少しダンディーなオーナーが一人で黙々と帆を張っている場合もそうである。ましてやそれが、晴れ渡った爽やかな朝の場合は一層胸が膨らみ、心がときめく。

一方、われわれ人間の日々の営みは喜怒哀楽の繰り返しである。朝も気持ちのよい目覚めの時もあれば、悩みを抱え込んだまま沈んだ気持ちで目覚める時もある。作者は、人間の朝のひとときも、麗しい朝のひとときに帆船又はヨットが帆を展くような、爽やかなひとときであって欲しいと思う。もちろんそんな日もたまにはあるのだが、作者はそれが毎日であって欲しいと祈っている。初句で美しく気持ちのよい入り方をしながら、下句にきて人間の深い業《ごう》のようなものに思いが至っている。

歌集のタイトルは「春の野に鏡を置けば古き代《よ》の馬の脚など映りておらん」という作品から取られており、作者はこの歌集で翌年の第二十二回「ながらみ書房出版賞」を受賞した。

夏の日の京都御苑の砂利鳴らし全力でゆく自転車が見ゆ
獅子唐をほどよく茹でる、ほどよくはあるとき人の心を刺せり
ファックスの十ほど入り放牧の山羊を集めるごとく並べる

2016/05/27

俺の書いた歌集をTに送ろうか風船につけて飛ばす気分で

千葉聡『海、悲歌、夏の雫など』(二〇一五年、書肆侃侃房)

この歌集には「T」なる人が何度か登場する。

二通目をもらって思い出す　文化祭をめぐって喧嘩したT
Tの字は震えに震え「真剣に歌を詠めよ」と説教ばかり

Tに出す手紙「ご批評感謝します」きっとこの「ご」はきっと、痛い

歌集を読むと、Tとは作者の高校時代の友人のようだ。歌人としての作者の名前を雑誌か新聞などで見て、懐かしくなって手紙を寄越したらしい。Tは多分短歌は作っていないが、高校時代の友人の千葉が現在は歌人になっていると知って、関心を持ったのではないだろうか。

歌人は歌集を出すと、普通は著名な歌人や歌壇関係団体などに贈呈し、身近な結社の仲間などにも寄贈する。更に短歌を作っていない親戚・知人・友人などにも送る時もある。歌人には一応、歌集を読んでもらえるという前提で送るが（実際には、送られた方も、数が多い場合は、なかなか全部読み切れないのが実情かもしれないが）、一方、短歌を作っていない人に送る時は少し心もとない感じがする。それは〝どうぞ歌集を読んで下さい。〟というよりも、〝ご無沙汰していますが私は最近こんなことをしています。もし時間がありましたらパラパラとでも結構ですから飛ばし読みしてみて下さい。〟というような近況報告に近いものかも知れない。

作者はその気持ちを「風船につけて飛ばす気分で」と表現した。これは妙に納得させるものがある。風船に手紙などを付けて飛ばしたとしても、それが遠いどこかの誰かに読まれて、返事が来るという確率は極めて少ないだろう。しかし、確率は少なくてもゼロではない。短歌を作っていない人に歌集を送るのはそんなものだという。数は少なくても誰かが読んでくれるかも知れない。ひょ

としたら、反応もゼロではないかも知れない。

しかし、実際にはTは作者の歌集を真面目に読んで、率直な感想を手紙に書いてきた。それも「真剣に詠めよ」などと辛辣な内容の。歌人同士の外交辞令でないだけに真剣さがある。作者も返事を出す。〝痛い「ご」〟を付けて。ここに確かな友情がある。Tが歌人ではないとすれば、歌人同士の付き合いとはまた別の種類の清潔な友情なのだ。一九六八年生まれの作者であるが、教員として高校生を相手にしているためであろうか、文体も感覚も若々しい。

2016/05/30

近づく人椿を踏めり仔細もつ人と思ひてすれちがひたり

橋本喜典『な忘れそ』（二〇一二年、角川書店）

山茶花の花は花びらがばらばらになって落ちるが、椿の花は花首ごと落ちる。椿の落花のシーズンは椿の樹の下に無数の花首が落ちている。そこを歩く時、普通は花首を踏まないように避けながら慎重に歩く。

しかし、この「人」は椿の花首を踏みながら歩いてくる。恐らく何か思い詰めたような表情をしている。反対側から歩いてきた作者は、何か悩み事を抱えている人なのだろうと思う。「仔細もつ」とはそのようなことを指すのではないだろうか。人間は心の中に悩み事があると、外部の状況に関心が薄くなる。悩み事で心の中がいっぱいになっていて、椿を踏んではいけないという配慮が働かなくなるのである。

作者は、踏まれる椿の花（多分、まだ、落ちたばかりで、色と形と鮮やかさを保っている。）を少し可哀想に思い、それを無造作に踏んで行く人を少し恨めしく思う。しかし、その後で、その人が椿を踏んでいくのは、きっと心に深い悩み事を抱えているからに違いないと、同情を寄せる。

何でもないような日常のささやかな一場面であるが、人生の深さを思わせる一首である。作者の長い人生経験と厳しい短歌の修練が椿の落花を踏んでいくという無作法な人の内部の深い苦悩を思いやっているのだ。

因みに、この歌集のタイトル『な忘れそ』であるが、古い日本語では「な……そ」の形で動詞の連用形を挟んで相手に懇願する意を表す。現代語で言えば「どうか……しないでおくれ」ということになる。「あとがき」に作者は「現代は、あの敗戦後から、ふたたび迎えた悲歌の時代である。私はこういう時代に歌を詠む一己の存在である。それを忘れることなく、生きて在る限りは詠《うた》いつづけようと思う。」と書いている。

わが影と別れてしばし木の蔭を出でてふたたびわが影に会ふ
静止せるクレーンの赤き先端が撓ひて立てる虹に触れをり
影ありて美しきかな千年の大樹も根方にころがる石も

2016/06/01

勤勉な時計と手帳は仕舞いましょう静かにそそぐカモミールティー

岸原さや『声、あるいは音のような』（二〇一三年、書肆侃侃房）

考えてみると、我々現代人は実に多くの物に管理されている。例えば時間である。江戸時代の時間は、日の出のおよそ三十分前を「明け六つ」、日没後およそ三十分後を「暮れ六つ」として、その間をそれぞれ六等分して「一刻《いっとき》」としていた。日の出、日没は季節によって変わるから、「一刻」の長さも変わってくる。いわゆる「不定時法」である。なんともおおらかな時間管理だと思うが、それで大きな支障はなかったのであろう。江戸時代までは農業を基本とする社会であったので、日の出、日没という目に見える空の変化に合わせて農作業を行っていたためだと思う。しかし、現代では、季節にかかわりなく「一時間」の長さは決められている。冬の午前六時はまだ暗いが、夏の午前六時はもう明るい。朝六時に家を出る人は、その時間が明るい時だったり、暗い時だったりする。我々はそんなものだと思い込んでいるが、考えてみるとある意味で不自然な生活だと思う。

そして、その不自然な生活を管理するもう一つのツールが手帳である。最近では、パソコンやスマホでスケジュールを管理している人が多いようだが、依然として昔ながらの紙の手帳で管理している人も少なくはない。私もその一人で、手帳を紛失すると、自分は明日何処へ行かなければならないのか判らなくて、途方に暮れてしまう。パソコンやスマホで管理して同期させれば紛失のリスクは軽減されることは分かっているが、やはり手書きの手帳の味は捨てがたい。

さて、掲出歌であるが、作者はその時計と手帳と仕舞いましょう、と言っている。つまり、もう時間や予定に管理される生活はまっぴらだと言っているのである。「勤勉な」と言っているところに強い反発と皮肉が感じられる。それは作者だけの思いではないだろう。多くの現代人が思っていることでもあろう。いわば、そのような現代人の苦悩を作者は代弁しているようにも思える。そして作者が飲むのはカモミールティーである。カモミールはキク科の一年草であるが、その乾燥花に湯を注いだカモミールティーは安眠、リラックス、疲労回復などの効果のあるハーブティーとして愛用されている。

何者かに管理される人生を捨て、穏やかな自然の癒しに身を委ねようとする作者の気持ちは貴重なものである。多くの現代人が喪った人間性の回復を希求していると言えるであろう。そして、この歌集を読むと、この間、作者が歌の仲間を失い、母を失っていることを知る。人一倍繊細な感覚の持ち主である作者の深い悲しみと苦悩の中から紡ぎ出された、心からの人間性回復の叫びなのだ。

美しい音符さらさら描くように医師がカルテに記す家系図
いつのまに失くしたろうか朝に知るうすむらさきの傘の不在を
ひっそりとなにかが終わり夜があける名づけられない世界を生きる

2016/06/03

新婚の夏果てにけり逆さまにワイングラスの羅列のひかり

天野匠『逃走の猿』(二〇一六年、本阿弥書店)

新婚生活は甘美である。しかし、時として同時に未来への破綻の予兆をも孕んでいる。新婚の作者にこんなことを言うのも、折角の幸福な日常に水を差すようで気が引けるが、どのような新婚もその時だけは幸福感で満ちているのである。大多数のカップルはそのままずっと幸福な夫婦生活を送るが、場合によっては新婚時代の愛情が冷めて、お互いに我慢しながら暮らしている夫婦も少なくはないだろう。そして、その我慢が限界に来たごく少数の夫婦は破綻を迎える。

つまり、あらゆる新婚カップルは破綻の可能性を潜在させている。その比喩が「ワイングラスの羅列のひかり」なのかも知れない。ワイングラスは薄手のガラスで作られており。扱いが難しい。丁寧に洗うのだが、ややもすると洗っている途中で流しの隅にぶつけたりして、壊してしまう。美しく華やかなワイングラスは常に美しい破壊の可能性を秘めている。

お洒落なバーやパブなどに入ると、カウンターの上などにラックがあって、沢山のワイングラスが逆さまに吊るされている。吊るす方が水切りが良くて、バーテンダーが直ぐに取ることができるからだろうと思うが、逆さまに吊られたワイングラスの羅列は、美しさ華やかさと同時に、いかにも危さを感じさせる。もし今地震が来たらこれらのワイングラスは一瞬にして落下して、美しく砕け散るに違いないと思う。

この一首は文字通り解釈すれば、新婚の夏の終わりにバーで逆さまに並んでいる沢山のワイングラスの光を見た、ということなのだが、その「逆さまのワイングラスの羅列の光」はそのまま「新婚の夏」の比喩になっている。「夏果てにけり」も、狂おしい、或いは幸福感だけに満たされた新婚時代の一時期の終焉のイメージと重なってしまうと言うと語弊があろうか。

新宿の空《くう》に働くコピー機の数などおもう真昼の歩み
「けっこん」が「血痕」にまず換わりたるわがパソコンをいぶかしむ夜
特養の朝は静かだ部品まで肉の色した補聴器が鳴る

2016/06/06

セーラー服の身を折り曲げて笑ひあふ少女の時間あをき風ふく

秋山佐和子『星辰』（二〇一三年、砂子屋書房）

最近の女子高生の制服は実に様々のようだが、セーラー服は依然としてその代名詞の地位を保っているのではないだろうか。女子中学生がその進学先を選ぶ時の基準の一つが制服の可愛いらしさであるという。それにしても、俗に「箸が転んでもおかしい年頃」という言葉があるが、少女たちは本当によく笑う。多分、彼女たちの多くはまだ両親の庇護の下にあり、これからの恋愛、結婚、仕事、等々、あらゆる可能性が開かれており、未来があくまで明るい希望に満ちているからに違いない。本当の意味での挫折や絶望をまだ知ることは少ない。家庭、学校、友人関係が彼女らの世界の全てであり、それらは基本的に彼女らを保護してくれるところである。従って、何らかの事情でその保護機能に破たんが生じた時に、彼女らは過剰に打ちひしがれる。

掲出歌は、前後の作品から、作者の出身地の山梨でのことと判る。作者は故郷へ帰って来た時に、たまたまセーラー服の身を折り曲げて笑い合っている少女たちを見た。そして自分もまた、かつてはあの少女たちのように、未来への不安はなく、ただただ現在が楽しくて無邪気に笑い合っていたことを思い出す。更にまた、それからのおよそ半世紀の間の自分の人生に思いを馳せる。楽しいこともあっただろうが、悲しいことも沢山あった。特に身近な人の死は悲しい。それにしても、この歌集には様々な死者が歌われている。息子の妻と思われる人、短歌の先輩である森岡貞香、玉城徹、河野裕子、成瀬有、作者が研究対象としている原阿佐緒、等々。特に母親を喪った孫たちの存在は作者にとっては大きい。孫たちを見るたびに、この子たちのためにこれからも強く生きていかなければならないと思うのだろう。

結句の「あをき風」が印象的である。古代中国では、四季に色を当てはめ、春は「青」、夏は「朱」、秋は「白」、冬は「玄（黒）」となぞらえた。その中で「青春」は人生の一時期の意味でも使われている。あらゆる可能性が開かれていて、喜びと希望に満ちている春のような人生の季節、未来に対する一抹の不安はあっても、それはまだ心の奥底に潜んでいる。それが「青」なのだ。作者は、身を折り曲げて笑い合っている少女たちを見て、そこに吹いている風の色を青と思った。そしてこれまでの自分の人生の様々なことを思うと同時に、少女らの現在の無垢の青春と明るい未来に限りない祝福を送っているのだ。

亡き母と暮らしし北の町の名を月あふぎつつ少年の言ふ
亡き君を偲びて草の上に拾ふ楢の実ひとつ朝じめりせり
白き花手向けてはやも遠き世のひとりとなすか二十日も経ぬに

2016/06/08

〈神経は死んでいます〉と歯科医師は告げたりわれの初めての死を

沖ななも『白湯』（二〇一五年、北冬舎）

虫歯などを放置しておくと、歯の神経はしみたり、傷んだりする。これは〃早期に治療するように〃という自らの警告である。生物の自衛的反応と言ってもいいだろう。それを更に放置しておくと、やがて歯の神経自体が菌に侵されて、弱って機能を喪失して、感覚を喪う。その状態を「神経が死んでいる」と表現する。上手い言い方をするものだと思う。作者は痛む歯を我慢していたが、ようやく決意して歯科医院に行き、歯科医から「神経が死んでいます」と言われた。そこには〃なぜもっと早く来なかったのですか〃という軽い非難のニュアンスもあるのだろう。

作者はその「死」という言葉に驚いた。人間は一度死ねば二度と死ぬことはないと思っていたが、そうではないことに驚いたのだ。人間は段階的に死んでいくということもあるのだ。そして、自分はその「初めての死を」告げられている。「脳死」という言葉もあるが、それも段階的な死の一つである。肉体は生きていて、脳だけが死んでいる状態である。それはまだ最終的な死ではないだけに、その時点での治療の打ち切りには種々の議論があることは周知の通りである。

歯科医から「神経は死んでいます」と告げられた時、作者はいずれ来るであろう自分の本当(最後)の死を思ったのかも知れない。そして、自分がいま、段階的に本当(最後)の死に向かっているとも思ったであろう。今自分は、その段階的な死の「初めての死」を迎えてしまっていることを。

四句目が句割れになっている。四句目の途中の「告げたり」という歯科医師の行為で一旦文体は中断しているが、即座に「われの」と繋げて、意識は自分に回収されている。そして、結句で、歯科医師が言った言葉の意味を理解している。「死」というものの意味を改めて考えさせる一首である。

フランスは外硬内柔イギリスは痩身湿潤パンのことなる
フルネーム生年月日をうちあけて燃える血潮を採られておりぬ
砂にある微量の鉄が磁気力に身も世もあらず魅かれてゆけり

悲しめる暇《いとま》あらぬを許したまへ父の遺影をけさは浄むる

結城千賀子『天の茜』（二〇一一年、短歌新聞社）

仏壇かどこかに父の遺影が飾ってある。作者としては出来れば毎日その前に座って手を合わせ、亡父にいろいろと話しかけたいのであろう。しかし、現実には結社誌の編集、家事、家族の世話、その他さまざまなことで毎日が忙殺されている。ある朝、ふと気付いたら、その遺影にうっすらと埃が積もっている。作者はそれを見て、しばらく父の遺影に向き合っていなかったことを悔やんでいる。そしてそのことを心の中で父に詫びながら、写真の埃を丁寧に拭ったのであろう。怠っていたのは決して父のことを忘れていたわけではない。ただ、毎日の大事瑣事に追われて、その余裕がなかっただけのことなのだ。

作者の父君、磯幾造氏（一九一七〜二〇一〇）は山口茂吉に師事した著名な歌人であり、「表現」という結社を主宰していたが、その父君の逝去後、作者がその結社の責任を負うこととなった。多忙な理由の大半は、他ならぬその結社誌の発行に関わることであろうから、父君も優しく許してくれるに違いない。或いは、逆に亡父の方が、結社誌の発行という重い責務を娘に課してしまったことを申し訳なく思っているのかも知れない。共に歌に関わる父の娘の深い心の交流の一首である。

三句目が一音字余りになっているが、それ以外はかっちりとした文語である。作者の、恐らくは父譲りの、折り目正しさを感じる。

荷台より矩形の硝子板下ろされて映れる秋天の青さ運ばる
地下鉄を出でて広ぐるパラソルに晩夏の日照雨《そばへ》きらめきて過ぐ
平らかに台船停《とど》まり溶接の炎《ひ》とその投影《かげ》と水に閃く

2016/06/13

原色の傘を差す子よ　おまへとはまだ混じるべき色もたぬ生

高木佳子『青雨記』（二〇一二年、いりの舎）

原色は、それらを混合することであらゆる種類の色を生み出すことができる。即ち、あらゆる色の元である。例えば、テレビ画面の場合は赤、緑、青が、カラー印刷の場合はシアン、マゼンタ、イエローの三原色が使われる。これらの三色を組み合わせることで様々な色を生み出すことができる。そして、原色そのものはいずれも鮮やかな色彩であり、人間の視覚に強く訴えてくる。子供の傘も鮮やかな原色、特に黄色が多い。原色の方が遠くから近づいてくる自動車からも目立つからである。一部分が透明になっているものも多い。いずれも、交通事故から子供たちを守る配慮である。

作者は傘を差している子供を見ながら、その傘の原色に強い感動を受けている。それが鮮やかであるということだけでなく、その色（多分、黄色）が混じりけのない色であるということに感動を受けたのである。その色はまだ世の中のことを何も知らない子供そのものの色なのだ。しかし、子供もやがては成長して社会の様々な仕組みを知っていく。今は家庭と、せいぜい親戚や近所の人しか知らない子供も、学校に上がると親以外の大人も知り、自分や家族とは違う沢山の個性とも触れ合う。その中で、様々な人格と人格の交流を経験していく。幸福な出会いも多いだろうが、場合によっては辛い出会いもあるかも知れない。しかし、そのような様々な出会いと別れを繰り返し子供は成長し、他の誰でもないその人の独自の人格を形成してゆく。ちょうど、原色が混ざり合うことで様々な色彩が生み出されていくように。しかし今、作者の目の前にいる子供は、その差している傘の色のように、まだ「混じるべき色」を持たない原色そのものの存在なのだ。「おまへ」という乱暴な呼びかけに、反って深い慈愛の気持ちが表れている。旧仮名表記も柔らかい印象を与える。

海を見にゆかないのですか、ゆふぐれを搬び了へたる貨車がさう言ふ

2016/06/15

無音なるテレビのなかに跳躍の棒高跳びの選手うらがへり
橋はいまたれかの脊梁　指をもてなぞるごとくに人ら行き交ふ

ぷつぷつと突起のありてオルゴール春の夕べはひとときはやさし

木村雅子『夏つばき』（二〇一一年、短歌研究社）

オルゴールの内部を覗くと金属の円筒の表面に多数の突起（ピン）が見える。これは「シリンダー・オルゴール」と呼ばれるタイプであり、もう一つ、「ディスク・オルゴール」と呼ばれる、突起の付いた円盤を用いるタイプのものもある。どちらも原理は同じで、取り付けられたピンが長さの違う櫛状の金属板を押し上げ、弾くことで音が出る。長さの違う金属板の位置が精密に配置されているために、その音は音楽を奏でることになる。

ピンは突起であるから、そのものは危険であり、何か禍々しいものを連想させる。多くの武器は突起である。槍などは完全に突起そのものであり、砲弾なども先端が尖っていて、突起を思わせる。人は突起を見ると、時としてそれが自分の肉体を貫く想像をして、恐怖を感じる。しかし、オルゴールではその禍々しい突起が生み出すものが美しい旋律なのである。美しい旋律は人の心を癒す。

この一首には事物の持つ二面性が垣間見られる。危険と安寧と言ってしまえばあまりにも単純な図式かも知れないが、多くの事物は二面性を持っている。自動車は人類に利便性をもたらした代償として多くの事故犠牲者を生んできた。近年著しい発達を遂げた情報通信技術は、恐らく人類史上にあの産業革命にも匹敵するような変革をもたらしたと思うが、一方で、人と人が直接顔を見合わせてのみ得られるであろう心と心の温かい親和性を喪失しつつある。しかし、だからと言って我々はもはや自動車やパソコンなしの生活には戻れない。戻れない以上は、失うものを最小限に制御しつつ、利便性を享受していくしかない。

優しい旋律を奏でるオルゴールの内部には禍々しい突起があるように、現代の我々の利便性に満ちた社会の見えない内部には、突起のような危険なものに満ちているのだろう。初句のP音も何か心に突き刺さるようだ。

地をゆらし朝の列車が駈けてくるしあはせしあはせ生きてゐること
午後四時の夏空覆ひ雪像のゼウスのごとき雲立ちてゐる
さみしいと言つてしまつて雪の野の白さざんくわに嗤はれてゐる

2016/06/17

片隅に〈桜桃忌〉とぞ記したれば上司のコメントあり業務日誌に

大井学『サンクチュアリ』(二〇一六年、角川文化振興団)

太宰治が愛人・山崎富栄と共に玉川上水に入水したのは一九五八年六月十三日のこととされている。しかし、遺体が見つかったのが六月十九日であり、この日が太宰の忌日とされ、晩年の彼の短編小説のタイトルに因んで「桜桃忌」と名付けられた。文学ファンにとっては馴染の深い日である。

一方、「業務日誌」はサラリーマンが一日の自分の業務内容を記すもので、毎日、或いは一週間に一回程度纏めて、上司に提出して、確認を受ける。それは主として上司による部下の業務の監督、把握や改善のアドバイスのためのものである。特に、外回りの営業マンの場合などは、上司の目が行き届かないために、どうしても必要なものである。これはサラリーマンには馴染のものである。

作者の場合、歌人であると同時にサラリーマンでもある。業務日誌の「片隅」(恐らく欄外の余白であろう)に「桜桃忌」と書いた。多分六月十九日の業務日誌であろう。特に意味があったのではないだろうが、業務日誌を書きながら、ふと今日が「桜桃忌」であることを思い出し、何気なく欄外にメモしたのかも知れない。しかし、上司はそのメモを見逃さなかった。そして、業務日誌に本来の業務報告に対するコメントとは別に、そのメモに対しても何らかのコメントを書いて作者に返した。

上司のそのコメントがどのようなものだったかは表現されていない。読者がいろいろと想像していいのだろう。普通の上司だったら「職務に専念せよ」と書くであろう。しかし、文学好きの上司だったらまた別のコメントがなされるかも知れない。しかし、私は、もし自分が作者の上司だったら、どんなコメントをするだろうかと思う。きっと迷いに迷うだろう。

「我」という文字そっと見よ　滅裂に線が飛び交うその滅裂を
「ちゃんとする」ということよくは解らねど靴を磨けり日曜ごとに
川面から朝靄わきぬ一艘の赤きカヌーを海へみおくる

2016/06/20

降らずとも傘を持ちゆく子を褒めてたまにびしょ濡れもいいよと思う

古谷円『百の手』（二〇一六年、本阿弥書店）

几帳面な性格の息子なのであろう。降雨の可能性が殆どなくても、万一のために傘を持って外出するという。そのこと自体は誉められていいことだと思う。石橋を叩いて渡るというか、転ばぬ先の杖というか、慎重であることは決して悪い事ではない。確かにそのような性格の子は、社会に出てからも失敗が少ない。

そのような子の性格を、母親である作者は好ましく思いつつも、一方で多少の危惧もしている。もう少し冒険をしてもいいのではないかと思っている。確実な人生もいいが、もっと冒険に満ちた人生もいいよ。その結果、多少は波乱に富んだ人生となっても、それはそれで楽しいよ、と思っているのであろう。降雨の可能性が殆どなくて傘を持たないで外出し、たまたま運悪く、雨が降ってきて、ずぶぬれとなっても、その程度で済む失敗なら、そのような失敗の経験の積み重ねが人生を豊かなものにしていくのだよと思っているのではないだろうか。

作者は子の几帳面さを一応は口に出して誉める。しかし、内面の危惧は思うだけで口に出しては言わない。確実な人生と波乱に富んだ人生と、どちらがいいか。母親としては前者を優先させる。無理もない気持ちであろう。しかし、作者は子に後者の人生もどこかで望んでいるのだ。親としての複雑な感情が、傘という具体に託して巧みに表現されている。

息子らの暗い心の穴のそば出ておいで湯気のごはんをよそう
おかしなこと悩むのだなあとわが夫が相談にのらず感心する日

陽だまりを揺するごとくに運ばれる収穫されしみかんの籠は

2016/06/22

晩年を蘭に憑かれて生きにしは神を殺した男ダーウィン

日高堯子『雲の塔』（二〇一一年、角川書店）

『種の起源』の著者であるイギリスの自然科学者、チャールズ・ダーウィン（一八〇九〜一八八二）は、全ての生物種が共通の祖先から長い時間をかけて、彼が自然選択と呼んだプロセスを通して進化したことを明らかにした。いわゆる「進化論」である。現代では当たり前とされているこの考え方も、神が生物を創造したという聖書の教えが一般的に信じられていた当時は、受け入れがたいものであり、特に宗教界からの反発は激しかった。その意味ではダーウィンは確かに「神を殺した」と言えよう。ダーウィン自身は「この理論が受け入れられるのには種の進化と同じだけの時間がかかりそうだ」と述べたと言われる。しかし、少数の彼の支持者とその後の自然科学の研究の進歩が彼の考えの正しさを証明した。もっとも現代でも米国などにごく少数ながら進化論を認めない人たちもいるようだが。

彼は晩年まで生物学の研究を続けたが、研究とは別に、蘭の花を愛したようだ。自分の理論がなかなか受け容れられないという孤独感が、あの華やかではあるが、どこか寂しさを感じさせる花に向かわせたのであろうか。ラン科の花の特徴は、下向きに垂れる一枚の花弁（「唇弁」と呼ばれる）だけが他の花弁とは形が違っているということである。このことも晩年のダーウィンの心と重なるところがあるのかも知れない。

観察と実験に基づき過去にない独創的な理論を打ち出し、既存勢力から激しい反発を招いた男の晩年の孤独と、華やかながら他に類を見ない特異な花弁の構成をもつ花の取り合わせに、この一首の作者は心を留めた。特に「憑かれて」という情緒的な言葉が読者の心を突く。一見素っ気ない直述の作品であるが、人間の心の深淵に突き刺さる作品である。

なかぞらは茜の棲み処《か》　肉体をはなれた母音ひびきあひつつ
母はいま全霊かけて今朝のこと二時間前の母さがしをり
さびしめば蝙蝠きたりちりちりと蝙蝠きたり　貎のちひささ

2016/06/24

『「いい人」をやめると楽になる』……本を戻して書店を出づる

平林静代『雨水の橋』（二〇一〇年、角川書店）

『「いい人」をやめると楽になる』は一九九九年に出版されて話題を呼んだ曽野綾子の本である。私自身はこの本は読んでいないが、「いい人」とは、自分の感情を抑えて、相手のことをおもんぱかり、相手の気持ちを優先させる人ということであろう。そうすれば相手からは「いい人」と思われるが、一方で自分のストレスが溜まる。「いい人」をやめて、自分の思う通りの言動を行うと、確かに楽になる。しかし、それではやはり対人関係で軋轢を生むことになる。我々の多くはこの狭間で苦労している。

作者は、話題になっている本を書店で一旦は手にした。それはそのタイトルに魅かれたためであろう。自分も「いい人」をやっていて、苦しいことがある。それをやめると楽になる。そう思って、一旦は本を手にしたのだが、やはり、その結果としての対人関係の軋轢を考えると、そんなに簡単に「いい人」をやめるわけにはいかない。そう考え直して、結局その本を買わないで、書店を出てしまった。

人間関係の難しさをしみじみと考えさせられる一首であるが、一方で、作者のさばさばした性格をも感じさせる。うじうじと思い悩むのではなく。〝私はやはり、「いい人」を続けていくのだ。家族や近所の人たち、それから歌の仲間たちとの関係を大切にしていくのだ。〟という覚悟のようなものも感じる。「…」が作者の心の中の一瞬の逡巡を現わしているようだ。

幾たびも削除挿入繰り返しちひさき論のやうやうに成る
われはいま木管の笛　海風を総身に吸ひ響り《な》出だしたり
寒卵の黄身崩しつつ思ひをり仕方もなきことまた思ひをり

2016/06/27

空の海にさらはれたりや飛行船　五月の空は底なしの青

竹内由枝『桃の坂』(二〇一四年、ながらみ書房)

飛行船というものは実に不思議な乗り物だと思う。あんなに大きな図体をしていながら、乗せられる人の数は少ない。それでも二十世紀前半には飛行船による大西洋横断航路もあった。しかし、一九三七年に発生した「ヒンデンブルク号」の墜落事故を契機に燃え易い水素利用の飛行船の信頼性は失墜し、航空輸送の担い手としての役割を終えた。その後、不燃性のヘリウムガスを利用した飛行船が広告宣伝用や大気圏の観測用等として、小規模に使われている。

飛行船には一応、乗務員や旅客を乗せるゴンドラの他に、エンジンおよびプロペラなどの推進装置が外部に取り付けられているのだが、地上から見上げる限りでは、何となく頼りなく、風に任せて漂っているような印象を受ける。作者はその様子を、空の海に攫われたようだと感じた。「飛行船」は「船」であるから「海」が浮かんだのであろう。ただ、攫われたというのはあくまで印象であり、実際には十分に制御されているはずだということは作者も承知しているので、「や」という軽い疑問の助詞が添えられている。

五月の空の青さは限りない希望や憧れを意味すると同時に、その青の「底なし」は不安感もまた感じさせる。爽快で夢に満ちた作品であるが、一方で、生きることのかすかな不安をも漂わせていると思う。

母を看る父の総身細りゆき冬田に佇む五位鷺のやう
見守るといふ時間の重さ義母の手がパジャマのボタンかけ終はるまで
秋空へ飛び立つポーズに自転車がルーフキャリアに運ばれてゆく

2016/06/29

虫よけにあなたの植えるマリーゴールドこんな形の防衛もある

松村由利子『耳ふたひら』（二〇一五年、書肆侃侃房）

マリーゴールドは四月から十月頃にかけて黄色や橙色や暗紅色などの花を咲かせるキク科の植物である。除虫菊に代表されるようにキク科の植物には防虫効果があるようで、マリーゴールドの根にも線虫の防除効果があるということで、他の植物の間に植えらえることがある。そのような植物を「コンパニオンプラント」とい言うらしい。因みに、「マリーゴールド」という名前の由来は、聖母マリア（マリー）の祭日の日に咲いていた金色（ゴールド）の花、ということらしい。

作者のパートナーはその花の防虫効果を知っていて自宅の庭かどこかに植えて、その効果について作者に話したのであろう。そして、作者はそれを「防衛」だと捉えた。作者が住んでいるところは「防衛」のために、米軍基地に県土の一〇・四％（沖縄本島だけで言えば十八・八％）を占められている沖縄の石垣島である。作者は「防衛」という言葉に強く反応した。沖縄の置かれている実情が「防衛」というのなら、こんな美しく穏やかな「防衛」もあると思ったのだ。

見方を変えると、美しい花で人間を楽しませてくれるマリーゴールドも実は地下の根で虫との激しい攻防を行っているのだ。物事にはすべて二面性がある。物事を一面だけでは見ないで、常に隠されている反対側の面をも考えて、相対的に考えようとしている作者なのだと思う。

サントリーホールのチケット購入し島抜けという言葉思えり
割らぬ限りその美しき断面は誰にも見えずあなたの石も
面倒な外来種だと思われているのだろうかクジャクもわれも

2016/07/01

ばうばうと風にかがやくのみにして水を噴かざる噴水群よ

押切寛子『抱擁』（二〇一二年、角川書店）

この作品の前に「水噴かぬ噴水園に我を連れてゆきし人あり冬のころなり」という作品が置かれている。そういえば、冬の噴水はあまり見たことがないように思う。想像するだけでも、いかにも寒々とした印象であり、第一、寒冷地では凍結の問題などがあるので、噴水は動かさないのではないだろうか。

一方、夏の噴水は楽しい。最近の噴水はコンピューター制御で、音楽に合わせて水が位置や高さを変化させて、リズミカルに上がったりする。余談ながら、日本で最初の噴水は江戸時代に金沢の兼六園に設置されたもので、これは動力を使わず、水源との高低差を利用したサイフォンの原理で噴きあがるようになっている。なお、世界で一番高く噴き上がる噴水は、資料によっても異なるが、サウジアラビアのジェッダ沖の紅海上にある「ファハド王の噴水」と言われている。この噴水は、普段は首都リヤドに居る国王がジェッダの離宮に滞在している時にだけ噴き上がる。私も見たことがあるが、紅海上に一直線に立ち上がる高い水の柱は実に強直で素晴らしい。

この一首の中で「噴水群」と言っているのは、池の中に設置されているステンレス製のノズルであろう。池の中に幾何学的に配置された沢山の銀のノズルが風に吹かれながら輝いている。美しい光景であるが、作者はそれは「水を噴かざる噴水群」なのだと言っている。本来は水を噴き上げることが機能であるはずのノズルが、その機能を果たしていないのだ。その時のノズルたちは意外な美しさを見せている。何か不思議な気がする。

「ばうばうと」という濁音での入り方は力強さを感じさせ、「のみにして」という措辞が一種の覚悟のようなものを感じさせる。更に、最後の「よ」という呼びかけとも確認とも取れる間投助詞が深い余韻を漂わせている。

夜の卓の紅玉林檎たましひのごとし魂を見たことなけれど

しろがねの帆柱のごとくおほいなる冷蔵庫据ゑしは四月吉日
羽化したるばかりの百の自転車の吊されてありガラスの壁に

2016/07/04

やわらかく風に靡ける娘のシャツは青葉の庭に花となりたり

関谷啓子『梨色の日々』（二〇一一年、六花書林）

「娘」はルビは振られていないが「むすめ」ではなく、「こ」と読むのであろう。初夏の午後過ぎであろうか。庭に洗濯物が干されている。他の洗濯物もあるのかも知れないが、何となくシャツだけが干されているような印象を受ける。若い娘のシャツであるから、鮮やかな花柄なのだ。その花柄がそよ風に揺れている。遠目にはまるで花が揺れているように見えるのである。作者は、それが娘のシャツであることは承知しているのだが、感覚的に、〝花になった〟と思い切った断定的表現をしている。

歌集では娘の結婚を歌っているので、その子のシャツなのかも知れない。もしそうだとすれば、やがて嫁ぐ子に対する母親の祝福と淋しさが一首の中に込められているような気もする。「青葉の庭」

という場面設定もどこか悲しげである。華やかな雰囲気の中にもそれとない淋しさが感じられる。

やがて嫁ぐ娘に対する母親の気持ちは単純な祝福だけではないであろう。あの子に家事ができるのだろうか、末永く夫に愛されるだろうか、たまには実家に帰ってくるだろうか、いつか孫を抱かせてくれるだろうか、等々の沢山の、不安をも含む複雑で微妙な様々の感情があるのであろう。それをこの端的で思い切った描写が巧みに伝えている。短歌とは説明する詩形ではなく、描写の中に感情を織り込む詩形だということをこの一首でつくづくと痛感する。勿論、そんな背景を知らなくても、この一首だけで十分に美しいが、背景を知って読むとまた深い味わいがある。

髪に強くシャワーを流す真っすぐに濃く単純に生きたし夏は
いっせいに空をながれる花ふぶき誰も彼もが突っ立ちており
ビル街を斜めにふかく陽は差せり中世のごと鐘はひびきて

2016/07/06

ハイヒールにゆく春の街身の芯を立てれば見えくるものあるやうな

古谷智子『立夏』（二〇一二年、砂子屋書房）

ハイヒールを履くという心理も我々男性には理解しがたいものがある。不安定だし、歩きにくいのではないかと余計なことを思ってしまう。しかし、女性たちは誇らしげにあの踵の高い窮屈な靴を履く。観察していると、やたらと履くわけではなく、通勤とか、デートとかの場合が多いようだ。やはり心を張り詰めなければならない場合とか、改まった外出とかの際に履くようだ。ところで、女性たちが「ヒールの靴を履く」というような言い方をするのを聞くことがある。「ヒール（heel）」は単に踵を意味する言葉だから、高くても低くても、踵のある靴は全て「ヒールの靴」だと思うが、なぜか、「ヒールの靴」というと「ハイヒールの靴」を指すようだ。

ハイヒールは踵が高いから、履けば当然、その分身長が高くなる。どの程度かはともかくとして、見えてくるものは多少変わってくるだろうと思う。大げさに言えば、世界が変わって見えるのかも知れない。踵の低い靴を履いている時とは、自ずと見えなかったものが見えてくるだろうということは十分に理解できる。

しかし、ここで言っていることは、単に視覚的に見えてくるものがあるということだけではなさそうだ。「身の芯を立て」るというところに、もう少し精神の在りようが込められているように思える。女性は、ハイヒールを履いた時に、物理的に視野が広がったということだけではなく、心を正すという気持ちになるのではないだろうか。心を正せば、人生に前向きになれるし、新しい思想や人生観も生まれてくるだろう。その仕掛けが、他でもないハイヒールなのではないだろうか。

行き惑ふ水がみづを押し分けて深く動けり淵なすここは
半年にみたびの入院三歳の指は巧みに薬液をのむ
熟れたる実まだ熟れぬ実にうれ初めし実が皆わらふ木下に入れば

2016/07/08

あかね雲かがやく街の古書店にイスラム経典しづもりてあり

前川佐重郎『孟宗庵の記』（二〇一三年、短歌研究社）

東京・神田神保町の交差点近くに一誠堂という大きな古書店がある。一階は歴史や文学などの和書で、二階に上がると江戸時代の本と洋書が置いてあり、その右奥の角の部分が、中東アラブ関係の本の置いてあるコーナーである。その配置はもう五十年以上変わってないと思う。中東アラブ関係と言っても、範囲は広いが、英語やフランス語、ドイツ語などのアラブ、ペルシャ、トルコの歴史書、文学書等が中心である。アラビア語やペルシャ語の辞書なども置いてある。果たして買う人がいるのだろうかと思うほど、いつ行っても配列は変わっておらず、いつもひっそりと人気がない。

この一首の「古書店」はどうもこの一誠堂のような気がしてならない。

イスラムの経典はアラビア語では「クルアーン」というが、日本では「コーラン」という呼称が一般的かも知れない。世界一退屈な書物という人もいるが、確かに旧約聖書、新約聖書などに比べると退屈であり、意味が取りにくい章句が多い。理由は「クルアーン」の章句は誰かが一貫した方針の下に編集した本ではなく、預言者ムハンマドが存命中に、その時その時の状況に応じて、神から下された啓示を、彼の死後、啓示の散逸を防ぐために信者たちが纏めたものであるからである。幾つかの日本語訳も出ているが、この一首の「イスラム経典」は恐らくアラビア語原典であろう。そもそもイスラム教徒にとっては、アラビア語の物だけが経典であって、各国語の翻訳はアラビア語を母語としない信者のための「解説書」に過ぎないという位置づけである。一誠堂にアラビア語の「クルアーン」が置いてあったかどうか確かではないが、置いてあっても不思議はない。古書店というものはそもそも客の多い所ではないが、ここは更に二階の辛気臭い一角である。

この一首、「あかね雲」であるから、夕暮れであろう。静まり返った日本の夕暮れの古書店の二階の隅に、おそらくは何年も置かれたままのアラビア語の異教の経典、何か不思議で、おどろおどろしい雰囲気である。「経典」がまるで神秘な魔法の書のような感じさえしてしまう。時間と空間がその流れと秩序を喪って、自由に交錯していくような錯覚すら覚える。魅力的な一首である。

青嵐ふきぬけし後《のち》いつしゆんを人も樹木となりて傾く
うつくしき箸の使ひ手まへにして虎魚《をこぜ》は皿に横たはりたり
それぞれの棘のするどさ競ひつつ花屋の薔薇が囁き交はす

2016/07/11

かはせみは雫こぼして枝にもどり水中の魚一尾消えたり

池谷しげみ『二百個の柚子』（二〇一三年、短歌研究社）

カワセミは最近は都市部でも見ることもあるが、本来は清流のあるところに棲み、小魚を餌としている。美しい羽根を持っていて、日本語では、川蟬、翡翠、魚狗、水狗、魚虎、魚師、鴗などと沢山の表記がある。

この一首では、カワセミは水中に潜り、素早く小魚を銜えて、水中から出て枝に戻った。恐らくは、枝の上で小魚を何度か銜え直し、飲み込みやすい角度にしてからまる飲みしてしまうのであろう。水中から飛び出た時はまだ体に水滴がついていて、枝に戻った時にそれが雫となって落ちる。

そこまでは誰にでも歌えるであろう。しかし、この作品のユニークなところは、作者の意識は水中にもあるということである。上句で「魚」と言っていないから、作者にはカワセミのくちばしの魚は見えないのであろう。しかし、その仕草から魚を獲ったことは推測できる。水中にいた沢山の魚の中の一尾が確実に消えた。そして、水中に生じたその魚一尾分の空間はたちまち周囲の水によって埋められてしまい、水中はまた何事もなかったように鎮まるのだ。そう考えると、どこか人間社会とも重ねられて読めてしまう。

「枝」にルビは振ってないが、「えだ」ではなく「え」と読むのであろうか。そう読めば定型に入る。見たことから、見えないことを想像することの魅力を伝える一首である。

娘の去りてひかひかと母はさびしかりきんぴら牛蒡を山盛りつくる
往還に見る直立の朱き花アロエはつねに戦闘的なり
水と花たづさふるときひとは美《は》し悼むとふことひとのみがする

2016/07/13

ふかくふかく潜る鯨のしづかなり　酸素マスクに眠りゐる人

熊岡悠子『鬼の舞庭』(二〇一三年、角川書店)

鯨は大型哺乳動物ではあるが、海上で呼吸をした後、海中深く潜ってしまえば海上からその存在は窺い知れない。鯨が潜っていても、海上の様子は、潜っていないのと同様である。しかし、海中深くでは、巨大な生命体が生命の営みを続けている。この海中深く鯨が潜っていると思うと、その幻の存在感は我々の心を圧倒する。

一方、重い怪我や病気で自力での呼吸が困難な人は酸素マスクを使って呼吸する。酸素マスクは酸素濃度の高い空気を機械的装置で人為的に呼吸せしめる装置の一部であり、普通、口を中心に顔面下部を覆うようにデザインされている。それを付けた人が恐らくベッドで眠っているという。器械が酸素を送っている音は聞こえるのだろうが、それ以外に音はせず。静かな印象を受ける。これもまた、静寂の中の確かな生命の存在が感じられる。

この一首の魅力は、それらの二つの異なったイメージが見事に重ねられていることである。敢えて言えば「ふかくふかく潜る鯨」は「酸素マスクに眠りゐる人」の比喩なのだ。作者の目の前に酸素マスクを着けて眠っている人の静かさは、海中深く潜った鯨の静かさを思わせるのだ。しかし作者は「ごとく」のような比喩を意味する言葉の助けを借りないで、ただ、一字空けを挟んで並置することで見事な比喩とした。二つのイメージは時間や空間を越えて、どこか遠い宇宙の彼方で繋がっているようにさえ思える。

歌集の帯に人類学者・宗教学者の中沢新一氏が「韻律と喩と幻想力がひとつに結び合い、時間が始原に巻き戻されていくとき、この世とあの世の中間にある、神秘的な「古代」の空間が開かれる」と書いていることが肯ける。

雪雲のとぎれてひかり射す朝をガラスの魚《うを》が川のぼりゆく
焼き上げし星型クッキー配りやる童話のなかの老婆の顔して
初夏までは帰らぬ鳥を見送りぬ冬の灯台に背をあづけつつ

2016/07/15

こぼされた砂糖の最後のひとつぶのかなしいひかり降りしきる　ガザ

岩尾淳子『眠らない島』(二〇一二年、ながらみ書房)

一筋縄ではいかない歌集である。多くの作品は通常の日本語としての文脈を形成していない。いきおい読者は欠落している言葉を自分で補って読まざるを得ない。その結果、十人の読者に十通りの読みが生じる。またそのどれもが作者の思いと一致していないかも知れない。そのなかでこの一首は比較的わかりやすいと思うのだが、それでも作者の言いたいこととは違っているかもしれないという不安は拭いきれない。それは仕方がないだろうし、ある意味で短歌とはそんなものだとも思う。

キッチンで、或いは喫茶店のテーブルの上で、砂糖を零すことはままあることである。しかし、角砂糖ならともかく、普通の砂糖の場合(「普通の砂糖」というのも変な言い方だとは思う。そもそも砂状の糖だから「砂糖」と言うのだろう)、「最後のひとつぶ」というのは理論的には確かに存在するのだが、どの「ひとつぶ」が最後かと認識することは困難である。それを認識するには砂糖の「ひとつぶ」は余りにも小さすぎる。しかし、それは理論的には確かに存在する。そしてそれがグラニュー糖だったりすれば、美しい光を帯びているだろう。作者はそれをイメージして、その「ひかり」を悲しいと感じた。確かに存在しながら明確に認識されることのない一瞬の美しい光、それを悲しいと感じる気持ちは十分に理解できる。

しかし、この一首では結句に来て、一字空けて「ガザ」に繋がっている。「ガザ」はパレスチナ南東部、シナイ半島北東部に位置して地中海に面する長さ四十五km、幅六～十kmほどの細長い地帯であり、「ガザ回廊」という言い方もある。聖書時代から知られている港町であるが、現在は、ヨルダン川西岸と共に、「パレスチナ暫定自治区」を形成している。しかし、パレスチナ難民の恒久的地位を決定する自治交渉の進まぬまま、ガザはイスラム原理主義組織である「ハマス」が実質的に支配する地域となっており、イスラエルに向けてのガザからのロケット弾攻撃と、その報復としてのガザに対するイスラエルの軍事活動が今も継続している。言わば、現在の地球上の一番悲惨な地域の一つである。

この一首は「こぼされた砂糖の最後のひとつぶのかなしいひかり」と「かなしいひかり振りしきる　ガザ」とに分解されるであろう。「かなしいひかり」が両方に架かっている。作者は今、「こぼされた砂糖の最後のひかり」を眺めながら（或いはそれを思い浮かべながら）、ガザに振りしきる悲しい光、即ち、イスラエルによるハマスへの報復のために振り零されている無数の爆弾を思い浮かべている。言い換えれば、この一首の中で「こぼされた砂糖の最後のひとつぶ」は「かなしいひかり」を導き出すための序詞のように使われていることに気がつく。古典和歌のレトリックを巧みに使いながら、目の前の砂糖の光から、遠い西の果ての悲劇に思いを馳せているのである。

ひかりから生まれることばを聞いている河口にひらく風のくちびる
あれは明日発つ鳥だろう　背をむけて異境の夕陽をついばんでいる
問いかけはひとつのひかり弧を描いて一羽は橋を越えようとする

2016/07/18

棚の本を読みて簞笥の服を着て足るべし残生の心と体

木畑紀子『冬暁』（二〇一三年、柊書房）

最近「断捨離」とか「終活」という言葉が流行っているようで、短歌作品でもよく見るようになった。昔と違って、日本人が長い「老後」を送らざるを得なくなっていることが背景にあるのだろう。

この一首の作者も自分の残生を見据えている。あと何年生きるのか判らないが、本棚にはまだ読んでいない本が沢山ある。昔読んで感動した本もまだ本棚に残してある。これからはそれらを読んで（読み直して）生きていきたい。もう新しい本を買う必要はない。話題になっている新刊書も、十分に生きてきた自分には今更必要がないと思っている。

また、箪笥の中には洋服和服が沢山入っている。幸い体型も昔とそれほど大きく変わっていない。箪笥の中の服はまだまだ着られる。昔は自分には地味だと思っていた服もこれからはきっと似合うであろう。デパートへ行けばお洒落なデザイン、新しい素材の洋服も売り出されていて目を引くが、もう自分には箪笥の中にある服だけで十分である。

作者の心も体ももう新しい物を欲しない。それは一見、諦観に満ちた消極的な生き方のように思えるかも知れないが、そうではないと思う。作者は、残りの人生が大切だからこそ、最大限に充実した日々を送りたいと思っているに違いない。容量の限られている心だから、新しいものをぎゅうぎゅう詰め込むより、若い日に心の糧とした思想をもう一度耕し、そこに豊かな感情の樹々を育てたいのだ。体型が定まった今は若い日に着た服も着られる。若い日に好みの服を着て味わったあの幸福感にまた浸れるのだ。

新刊を買わない、新しいファッションの服を買わない。それは地球環境に優しいということだけではなく、作者の心を再度耕し、豊かで幸福な残生を送る条件なのだと思う。人生の充実は何も新しものを追及することにだけあるのではない。心にも体にも容量というものがあるとすれば、これまでに獲得した物を深化させることが充実した人生なのかも知れない。特に、老いの坂を歩み始めている世代にとっては。残された生を最大限に充実させて有意義に生きようとする気力に満ちた積極的な生き方なのだ。

声変はりしてのちはるか子に過ぎしをとこの時間われにわからず
おのが生まつたうしたる蟬ならむころんと路上に落ちて傷なし
断念を人は一生《ひとよ》にいくつせむ百枝《ももえ》伐られて樹は無言なり

2016/07/20

はる四月白くさびしき花水木もうすぐ夫のなずき削らる

佐波洋子『時のむこうへ』（二〇一二年、角川書店）

「なずき」は脳を意味する古い日本語であるが、脳が削られるとは穏やかな状況ではない。作者の夫は脳腫瘍を患い、何度か手術をしているようだ。近くまた手術を控えているのであろう。「脳の手術」というと生々しいが、「なずきが削られる」というと何か少し救われる気がする。

桜の花が散るとすぐに花水木が咲く。桜は淋しさの中にも華やかさがあるが、花水木は華やかさは少なく、どちらかと言えば淋しさが強い。理由は判らないが、色が関係しているのかも知れない。花水木の花はピンク色のものもあるが、この作品の花水木は白であるので、ピンク色と比較をすれば少し淋しい印象を受けるのかも知れない。

この一首では白い花水木の淋しさと、夫の手術を控えた不安とが見事に対応している。淋しさと不安感が互いに響き合っているようだ。

なお、この歌集は、夫の病気の事の他に、作者が一歳の時に満州で生き別れた生母の死も大きなテーマとなっている。

母の最期の顔見るならば来よと言う電話に身支度とりとめもなし
焼くまえに顔は見るべし今生のわかれはすべし　生母にあれば
生涯に十回あまり会いし生母　四季のあるとも永訣の冬

2016/07/22

袖振りあふも多少の縁と五十年思ひ来たりて不便あらざりき

中地俊夫『覚えてゐるか』（二〇一一年、角川書店）

本当は「多少」ではなく、「他生」が正しい。〝知らない人と偶々道ですれ違い、袖が触れ合うようなことがあっても、それは前世からの因縁なのだ〟ということが本来の意味である。「他生」とは六道を輪廻して何度も生まれ変わることである。なお、私自身は「袖触れ合う……」と覚えていたが、調べてみると両方の言い方があるようだ。人によっては「多少」も正しいとする意見もあるようだが、それは多分、いつのまにか誤用が蔓延ってしまったからではないだろうか。

この種の勘違いというものはままあることで、例えば「一生懸命」という言い方をする時があるが、これは「一所懸命」が正しい。日本の中世の武士が、自分の所領（一所）に命を懸ける（懸命）、という意味である。それが何時の間にか「一生懸命」となってしまい、誰も疑わなくなってしまった。現代ではむしろ「一所懸命」に違和感を覚えるくらいである。

この一首、「他生」を「多少」と勘違いしていたということは滑稽なことであるが、もっと可笑しいことは、五十年間勘違いをしてきて全く不便がなかったということである。我々の人生というものは結構このように勘違いして、何十年も気が付かないことがあると思う。そして、それで殆ど不便がないことが多いから不思議である。

この歌集、滑稽なことを大真面目に詠んでいて、とても面白い。諧謔もまた短歌の大きなテーマなのだ。

携帯をせぬケータイに時をりは充電をして柱にもどす
ハーフですか、はいハーフです、いくたびも聞かれて答へて子守にも慣る
「七十歳のコンビニ強盗」といふ見出し付けられてゐる男のあはれ

2016/07/25

くちばしの散らす花びらひよどりをひかりは誘ふ次なる枝へ

阪森郁代『ボーラといふ北風』(二〇一一年、角川書店)

何の花とは表現されていないが、ここでは一応、桜の花を想定したい。春の明るい日差しに満開の桜が輝いている。花をびっしりつけた一枝一枝が輝いているのだ。その光に誘われるようにヒヨドリがやってくる。ヒヨドリは悪食で知られていて、桜でも梅でも、花ごとばりばり食べてしまう

ので、人間には少し評判が悪い。

最初、下句を「ひよどりはひかりを誘ふ次なる枝へ」と読み間違えて、ヒヨドリの動きに連れて移動する光を思ったが、よく読んでみると「ひよどりをひかりは誘ふ」なのだと気が付いた。光がヒヨドリを誘っているのだ。そう気が付いたらまた別の魅力を感じた。私の最初の誤読よりずっといいと思う。

ひとしきり花を食い散らすと、ヒヨドリは光を放っている別の枝に移ってまた花を食い散らす。その時、春の光がヒヨドリを誘導しているように思えるのだ。下句の見立てがとても優雅である。ヒヨドリは花を食い、春の光の秩序を乱すという乱暴者ではあるのだが、同時に、光の誘導に従順であるという自然への親和性もあるのだ。韻律が端正で美しい一首である。

立ち上がる時の狼狽四方からひかりに支へられて噴水
もはや風を容《い》れることなしルーヴルに忘れ来たりし折りたたみ傘
歳晩の御堂筋を急げるは踏絵を踏みしことなき人ら

2016/07/27

桜吹雪のなかにカメラを翳しいる娘のからだ少し傾ぎて

丸山三枝子『歳月の隙間』（二〇一二年、角川書店）

母娘で桜を見物している時に、あまりの見事さに娘がカメラを翳す。翳すという表現からは、ファインダーを覗く昔ながらのフィルムのカメラではなく、モニター画面より少し目を離して画面を確認できるデジタルカメラかスマートフォンのカメラ機能であろうと想像がつく。特に珍しい光景ではないだろう。しかし、作者は、娘の体が傾いていることに気が付いた。娘の方は、ただ見事な満開の桜の枝を撮影しやすい角度にカメラを構えるのだが、それは往々にして体を傾けることになる。

何にしろ、傾くということには不安定感が伴う。何時倒れるかもしれないという不安感と恐怖感である。勿論、この時娘の体が倒れることはない。しかし、作者の脳裏には、このまま娘の体が倒れてしまうかも知れないという言い知れぬ不安感に襲われる。またそれが美しい「桜吹雪のなか」だということが不安感を一層増幅する。目くるめくような繚乱の中の限りない不安感、作者の人一倍繊細で痛々しいほどの感覚がそれを捉えた。

正面に聳ゆるビルは狼藉者のようにホテルのわが部屋照らす

ねばねばのモロヘイヤなど食べている　もののはずみに老年は来て
地震《ない》過ぎて春宵ふかし　相づちの拙《まず》さ詰られいるわりなさや

2016/07/29

矜持なきわが性なれば昼間より咲くゆふがほの花を見てをり

小紋潤『蜜の大地』（二〇一六年、ながらみ書房）

「矜持」とは「誇り」とか「プライド」とかいう意味である。作者は〝矜持がないのが自分の性《さが》である〟と自ら言っている。最初からなかった訳ではないであろう。長崎のカトリックの家庭に生まれて、幼児洗礼を受けたという作者であるが、青年時代までは、人並みの夢や希望を抱いていたであろうし、自分自身を恃み、前向きに人生を送るという矜持も持っていたであろう。

しかし、思い通りにいかないのが人生である。特に、作者の場合は、歌集の装幀家としてユニークな仕事を続けていたが（私事にはなるが、私の第一歌集・第二歌集の装幀はこの作者のお世話になった。今でも大好きな装幀である）、勤めていた出版社が廃業となり、どのような経緯かは知らないが、妻子と別れ、更に、自身の健康まで壊してしまい、故郷の長崎に帰ってしまった。そのような状況の中では、最初から自分には矜持がないのだと言わざるを得ないだろう。他人を恨んだり、状況のせいにしたりしないで、あくまで自身の中に理由を求めるところが、いかにもこの作者らしい。

そう言いながら作者は昼のユウガオの花を見ている。ユウガオはその名の通り、夕方になってから咲く印象があるので、昼に咲くユウガオは、少し間が抜けた感じがする。ユウガオらしくないと言えば、そうかも知れないが、ひょっとしたらこのユウガオは、夕方に咲くという約束事を破ってしまって、楽になったのではないだろうかと思う。少なくとも、それを見ている作者のその時の心と通じるものがあったのだろう。そして、昼に咲こうが、夕方に咲こうが、ヒルガオの花はあくまで淡く清楚である。自分が自分がと人を押しのけて前へ出ないところは作者の性格と通じるものがある。作者自身が「矜持なきわが性」と卑下しても、それは慎ましやかな謙遜なのである。作者は現在、長崎で苦しい闘病生活を送っていると聞くが、身近な歌の仲間たちの温かい支援で今回の歌集が上梓された。一日も早く健康を回復され、再びお元気に作品を発表してくれることを祈って止まない。

夕暮れはあなたの肩に光《かげ》ありてまだ残されてゐるわが生か
荒寥とあるのみならず身を捧げ給ひしイエスの晩年がある
元気であることがうれしも蟬の鳴くことの少なきこの夏の日々

2016/08/01

その旅は行けなかつたと言へぬまま紅葉はどうかと聞かれてゐたり

北神照美『カッパドキアのかぼちゃ畑に』（二〇一二年、角川書店）

例えば、秋に京都へ行く計画があって、そのことを親しい人に話したりする。ところが、何らかの事情があって、その旅行を中止せざるを得なくなってしまったが、中止したことをその人には話しする機会がなかった。その後その人とたまたま会ったりすると、「ところで、京都の紅葉はどうでしたか？」などと聞かれる。往々にしてある話である。

その質問に対して作者がどう答えたのかは示されていない。正直に答えるのなら「事情があって行けませんでした」ということだろうが、その答えをするには多少の勇気がいる。相手が気を悪くするのではないかと危惧してしまう。旅行を中止したことを伝えなければならないほどの相手ではないが、相手は、自分が軽視されたと思ったりしないだろうか。落胆したりしないだろうか、などと思ってしまうのである。

一方、相手の気持ちをおもんぱかると、旅行に行ってきたことにして、適当に話を合わせるということもある。テレビのニュースの情報を参考にして、「きれいでした」とか「少し早かったようです」とか答えて。相手も軽い気持ちで聞いたのであろうから、それ以上に突っこんで聞かれることはないだろう。この場合、その場はそれで何事もなく済むのであろうが、作者の心には、偽りを言ってしまったという意識が棘のように残ってしまう。

果たして作者はどう答えたのか。それは示されていないが、歌集の中に「前にもここへ来たこと忘れてゐるあなた初めてのことにしてもいいけど」という作品があるので、常に相手の気持ちを大切にしている作者なのだろう。ただ、ここで作者が言いたかったことは、その答えではなく、その場のなんとも居心地の悪さだったのだ。

2016/08/03

蔵の前に鮭がずらりと吊るさるる朝焼け雲から落ちてきしごと

傘持つとどこまでわが手かわからなくなりて今夜の雨粒痛し

熱気球われらを乗せて落ちたる日　カッパドキアのかぼちゃ畑に

生年に付く〈〜《なみきがう》〉生きゐるはなべて尻尾を揺らしさまよふ

大塚寅彦『夢何有郷』（二〇一一年、角川書店）

「〜」のルビとして振られた「なみきがう」は、漢字で書けば「波記号」なのだろう。なるほど、波の形をした記号である。印刷業界で使われる言葉かと思うが、うまい名前を付けたものだと感心する。

人名事典などでは、項目の人名の下に括弧で生年と死亡年が記される。例えば「春日井建（1938〜2004）のように。ただ、現存者の場合は「〜」の後には何も記されない。この作品の作者である大塚の場合は「大塚寅彦（1961〜　」のようになる。縦書きだとこの波記号の下に何もないので、まるで尻尾を揺らしているように見える。

その見立ても面白いと思うが、結句の「さまよふ」に注目したい。なんだかその人がさまよいながら生きているような印象を受ける。ゆるぎない確固とした信念を持って生きている人は少ない。多くの人は迷いながら生きている。様々な偶然の積み重ねの中で生きている。進学、就職、恋愛、結婚等々、人生の迷いの中で出会った偶然によって選択することは少なくない。生きている人は確かに尻尾を揺らしさまよっているのだ。一方、亡くなった人には尻尾の後に死亡年が記される。その人の「〜」は死亡年に繋ぎ止められており、もはや揺れてもさまよってもいない。

作者は二〇〇四年に師であった春日井建を失い、その結社「短歌」（中部短歌会）を引き継ぐことになった。四十代そこそこの若さで長い伝統ある結社を引き継いだのだ。困難も迷いもあっただろう。引用歌の下句にどうしても作者自身の姿を重ねてしまう。

蝶番とふ蝶二つ永久《とこしへ》に飛び立ち得ずて日々軋みあふ
ことごとく女《をみな》は胎に〈宮〉秘めて満ちゆく月の下に眠れり
花々の呼吸こもらせ罠のごと灯せる夜の花舗に入りゆく

2016/08/05

我にまだ死刑を肯《うべな》う心ありぬ窓に当たりて窓伝う雨

吉川宏志『鳥の見しもの』（二〇一六年、本阿弥書店）

死刑制度についてはどの社会でも賛否両論がある。存続論者は犯罪抑止効果（ただし、それを疑問視する意見もある）や、遺族感情を強調する。一方、否定論者は、冤罪の可能性や人権などを主張する。社会はその両論の上に立って、存続か廃止かを選択している。日本は死刑制度を存続させているが、世界には廃止している国も少なくはない。アメリカでは州によって違う。この点はいかにもアメリカらしい。

この作品の表現からは、作者は一応反対の立場と受け取られる。しかし、作者は一方で、自分の中には死刑を肯定する気持ちもあるのだと告白する。死刑制度の賛否両論は、社会の中にあるが、実は個人の中にもあるのだ。

死刑制度からは少し離れるが、企業の不祥事などが報じられると、その企業を非難する作品が新聞歌壇などにどっと溢れる。確かに社会人としては、社会正義を主張することはしごく全うなことは思う。しかし、自分がもしその企業の担当者だったらどうしただろうかという想定もあっていいだろう。発覚する可能性が九十九・九%ないと確信したら、その不祥事に関与しようという衝動は多くのサラリーマンが経験するであろう。それを思い止まらせるのは、人間としての良心と残り〇・一%の発覚のリスクである。そして、ごくごく少数の者が一線を越えてしまう。どちらにせよ、その時の担当者の胸中には激しい葛藤があったはずである。短歌で歌うなら、公式的な社会正義よりも、そのような人間としての葛藤をこそ歌いたいと思う。

引用歌に戻れば、作者の心の中には死刑制度に反対する気持ちと幾許の肯定する気持ちがあるのだ。もちろん前者が比重としては遥かに大きいのだろうが、後者の気持ちも否定し切れないでいる。そのようなアンビバレンツな感情が、下句の、際限のない徒労のような、それでいて限りなく寂しく美しい描写と見事に呼応している。

明日はまた仕事があるので帰ります　電気に満ちた街に帰ります
権力はまざまざと酷《むご》くなりゆくを日なたの雀でしかない我は
鬼のなか棲んでいるムは私かも知れず　畳に夕日が射せり

2016/08/08

新春の空の深さをはかるべく連なる凧を沈めてゆきぬ

松村正直『午前3時を過ぎて』（二〇一四年、六花書林）

連凧というものがある。小さな凧を一本の糸に多数連ねたもので、上手に上がると見事である。大凧もそうであるが、この連凧も個人であげるというよりも、多数の人が協力して上げるのに適している。因みに、上げた枚数の世界記録は、一九九八年に豊橋市立五並中学校の生徒たちが上げた一万五千五百八十五枚で、ギネスにも登録された由である。

一方で、海の深さを測るのには、現在は超音波、GPS，レーザー測定などの手段を用いるが、古典的には、ロープの先端に錘を付けて、海に垂らした。ロープには一定の間隔で印が付けられていて、その印が幾つ海中に没したかで凡その水深が簡単に測定できる。考えてみると、連凧とこの水深測定の方法は、非常に似ている。糸（ロープ）に一定の間隔で凧（印）を付けて、その先端が行き着いたところで、凧（印）の数を数えれば、空（海）の「深さ」がわかるはずである。実際には、海底はともかく、空には行き着くところがなく、糸の長さ（取り付けた凧の数）か、その時の風の具合などでそれ以上は測れないのだが。

作者は、正月の連凧を見て（或いは、作者自身がその中に参加して）、連凧と水深測定ロープの類似性、そしてその方向の真逆であることに気が付いた。そうだ、連凧というものは、空の深さを測るものなのだと思ったのである。このような指摘は、我々は言われて初めて気が付くことである。「生活の中のささやかな発見」という言い方がある。これは生活の中の発見ではあるが、決して「ささやか」ではない。もっと根源的な、世界の在り方の認識そのものに関する発見のように思える。そして、本当の詩人は、生活の中から根源的な発見をしていくものであろう。

感情にうすき膜張るゆうぐれは紙を数えて人には会わず

店の壁にかかる手形の朱の色を付けし右手はこの世にあらず

ベランダに鳴く秋の虫　夫婦とは互いに互いの喪主であること

2016/08/10

兵器考案その手すさびに創られて撃たれつづけるコの字型針

今野寿美『さくらのゆゑ』（二〇一四年、砂子屋書房）

ホッチキスという名称の、紙を綴じるための事務用品がある。ただ「ホッチキス」というのは日本での俗称というか一般名称であり、普通名詞としての英語は〝stapler（ステイプラー）〟である。アメリカで「ホッチキス」と言っても通じない。十九世紀にアメリカ出身の技術者、ベンジャミン・ホチキスという人がフランスに会社を設立し、兵器・自動車などを製造した。特に、機関銃が主要商品だったらしい。あの事務用品の起源については種々説があるようだが、そのホチキス氏が機関銃の送弾装置にヒントを得て考案したという説が有力である。機関銃の弾を連ねて弾帯として、機関部に順に送り込むシステムが、あの事務用品の、針をコの字型に折り曲げて、連ね（製造過程では、一枚の金属の板に切れ目を入れて、折り曲げるのだろうが）、バネの力で順繰りに先端に送り込むシステムと同じである。とにかくホチキス氏が設立した「オチキス社」（フランス語で〝Hotchkiss〟は「オチキス」と発音する。）は兵器製造の傍ら、あの事務用品を製造した。明治時代にアメリカから日本に輸入されたこの製品に〝Hotchkiss〟という製造会社名が刻まれていたことから、日本ではそれを「ホッチキス」と呼ぶようになったらしい。

掲出歌は上記のような事情を下書きにしている。機関銃という兵器と、紙を綴じる事務用品という平和な器具を、同じ人が考え、同じ会社で製造されているという対比が鮮烈である。「手すさび」という言葉に作者の強烈な皮肉が込められている。そして、「撃たれつづける」という言葉には当然、機関銃のイメージが重ねられる。まるで、あのコの字型の細く鋭い針が、機関銃の弾のように読者に向かって飛んでくるような錯覚さえ感じる。社会的なこと、歴史的なことを踏まえつつ、着想、発想が独自であり、かつ技巧的にも優れた、忘れられない一首である。

くしやくしやに納まりゐたる花びらがほほと開いてひなげしとなる
金瓶にて見たる小学教科書はさながら軍記物なる和本
画学生の名に添へ戦死、戦病死そして一人の消息不明

2016/08/12

にはとりも備品であれば監査前に何度もなんども数をかぞへる

高橋元子『インパラの群れ』(二〇一六年、現代短歌社)

この一首、なんとも面白い。小学校などではウサギなどを飼っているところが多いが、鶏を飼っている学校は珍しいのではないかと思っていたら、作者は農業高校の職員らしい。実習などに使うのであろう。学校の備品と言えば、黒板、机、椅子、ロッカー、パソコンなどが思い浮かぶ。公立学校の備品であれば、税金で購入されたのであるから、不正が無いように、台帳に記入され、さらにその番号を記入したラベルが現物に貼られる。そして定期的に監査なるものがあり、お役人がやってきて、台帳と現物を照合する。

鶏は購入して直ぐに消費する消耗品ではなく、ある程度の期間飼育しているのであるから、確かに「備品」なのだ。それにしても番号を記したラベルは鶏のどこに貼るのだろうか。置いてある物ではないから、ラベルは貼りにくいだろうと思う。脚のリングなどに貼るのだろうか。それともラベルは貼らないのだろうか。仮に貼らないにしても、「備品」であることに変わりはないから、監査人は台帳と数を照合する。学校職員としては監査がスムーズにいくように予め準備をしておかなければならない。

作者も監査を前におそらくはケージの中の「備品」である鶏の数を確認している。養鶏所ではないから、小さな個別のケージに一羽ずつ入れてあるのではなく、大きなケージに何羽か一緒に入れてあるのであろう。台帳も、ロッカーやパソコンのように一個一個個別に管理しているのではなく、一括して「ニワトリ何羽」と記入されているのかも知れない。それにしても数の確認は大切である。鶏はケージの中を動き回るから、どれを数えてどれをまだ数えてないか分からなくなってしまう。だから、ラベルが張ってあろうがなかろうが、作者は何度も数え直さなければならないのだ。けたたましく動き回る鶏の間を計数器を片手に一所懸命仕事に励んでいる作者の姿を想像すると、何ともおかしく、そして心から応援したくなってしまう。そしてまた更に想像を膨らませれば、その後に監査する人も苦労して数を確認するのであろう。それも想像することもまた愉快である。

異動する人多ければシュレッダーの勤務時間をこえて働く
校則に決まりはなきに雨の日の色はあふれる女生徒の傘
生徒らの下校をすれば静かなる昇降口をよぎる蝙蝠《かはほり》

2016/08/15

浴槽をさかさになつて洗ひゐるこのままかへらうあたたかい海へ

福井和子『花虻』（二〇一一年、角川書店）

浴槽を洗う時の歌というものは女性にも男性にも結構ある。それぞれ面白い発想をするものだと感心させられるが、この一首の「あたたかい海へ帰ろう」が意表を突く。

この「あたたかい海」をどう読み取ったらいいのだろうか。「かへらう（帰ろう）」と言っているのだから、作者がかつて居たところなのだろう。一つの取り方は、母の胎内である。子宮の中の羊水の成分は海水の成分に似ているということだが、生まれて、物心付いてから、楽しいこと、嬉しいことも沢山あった。しかし一方で辛いこと、悲しいことも沢山あったと思う。特に、女性は結婚してからは家庭に縛られているという意識があるだろう。「浴槽をさかさになって洗う」という行為はまさに、自己を犠牲にして家族のために献身する女性性の象徴そのものである。そんな時、ただただ心身を母体に委ねているだけでよかった胎児の時代を希求するという気持ちはよく理解できる。

一方、「あたたかい海」を文字通り「海」と解釈することも可能であろう。人間の遠い遠い祖先は海の中に棲んでいた。生物の進化のある時点で、魚類から進化したある種の両生類が地上に進出し、様々な陸上動物に進化して、現在その頂点に人類がいるという。「個体発生は系統発生を繰り返す」

という言葉を聞いたことがある。人間の胎児は母親の胎内で最初鰓の痕跡のようなものがあるのはかつて生物が海中にいた名残だという。生物が何十億年かかけて進化してきた過程が人間の母親の胎内で十か月かけて一気に繰り返されるのだという。この説が生物学的に正しいのかどうかは知らないが、なんとなく納得させられる説である。

浴槽をさかさになって洗っているときの作者の意識は、そのまま浴槽を洗った水に乗って母親の胎内どころか、何十億年かの生物の進化の歴史を一気に遡り、生物全体の「母」である古代の温暖な海に至っているのかも知れないと思うと、作者の発想の豊かさ、壮大さに驚嘆する。

雨ののち樹皮乾きゆく感覚は抱擁を解くすずしさに似む

花虻の一心不乱を見届けて歩きだしたり今日の大事へ

火の骸ごろりごろりと横たはる鋳物資料館にわれは冷えきる

2016/08/17

ろうそくの明かりの芯で揺らぐのは人のなかなるけだものの性《さが》

辰巳泰子『いっしょにお茶を』（二〇一二年、沖積舎）

「けだものの性」とは何だろうか。多分、脳の古い部分が司る食欲、睡眠欲、性欲といった生存の本質にかかわる欲望であろう。名誉欲、出世欲、金銭欲といった心理的欲望は「けだものの性」ではない。それらの性は人間が進化する過程で形成されてきた脳の新しい部分が司る。けだものが持たずに人間だけがもつ性である。

作者は、蠟燭の明かりの芯の部分を見ていると「けだものの性」が揺れているのが見えるという。「人のなかなる」と言っているが、「人」はたぶん、最も身近な「人」、即ち、自分自身ではないのだろうか。作者は蠟燭の小さな炎の芯に自分自身の獣性を見ているような気がする。その獣性は小さいけれども美しく、しかも激しく燃焼している。そして、不用意に近づくものを火傷させるのだ。

この一首を味わっていると、遠い太古の人類の姿が浮かんでくる。洞窟の中の炉の暗い火の傍で、我々の遠い祖先は獣の肉を貪り、異性とまぐわい、それが終わると深い眠りに就いたであろう。まだ、「けだもの」に近い人間のそれらの営みを洞窟の中の暗い炉の火は見守っていたであろう。作者の見ている蠟燭の明かりは、遠い太古の洞窟の中の炉の炎に繋がっているような気がする。それにしても「けだものの性」は哀しい。作者は自己の中の最も哀しい部分を見つめているのだ。

過ちはいつまで経っても架からない橋の橋杭　言葉が淀む

レーンに沿って水中歩行ぶつかって他人の愛に火傷しないよう
烏賊一杯まな板に今宵どこまでも透きとおりたい私がいる

2016/08/19

甲高くをさなが母を呼びてゐる　黄落のもたらす不安ならずや

松坂弘『安息は午後に』（二〇一二年、砂子屋書房）

秋の野の光景であろうか。甲高い声で子供が母親を呼んでいる。子供の声は元々甲高いものであるが、秋の澄み切った空気の中で一層甲高く聞こえたのであろう。なぜ、子供は母親を呼んでいるのか。それは不安感に駆られたからではないだろうかと言う。母親が不意に視野から消えていってしまうような不安感であろう。

その不安感はどこからきたのであろうか。作者はそれを「黄落」がもたらすものだと考える。晩秋になると自然の摂理として樹々は紅葉し、やがて自ら葉を落とす。少し前まで青々と繁っていた葉がみるみる色を変えて、落ちていくのである。我々大人はそれを来春の葉の再生のための仮死だと理解しているが、小さな子供には、それは永遠の死の予感以外の何物でもないのであろう。そして、自分の母親がその死に拉致されていく不安にいたたまれなくなるのだ。その結果、母親をこの世に繋ぎ止めておくために母を呼ぶ。それも甲高い声で。低い声では母をこの世に繋ぎ止めておくことができないかのように。

風立ちぬ、いざとつぶやく。黄落をよぎり行きたる者の気配す
裸木の空たかだかと数枚の枯れ葉舞ひゆくつかずはなれず
青空にポプラは若葉競り上げて日がな地球をゆすりゐるなり

2016/08/22

いつの世もTaxed enough already 茶箱を投げるなんてしたくなし

高崎淳子『難波津』(二〇一六年、ながらみ書房)

〝Taxed enough already〟は直訳すると「税金はもう十分に払っている」ということになる。そして「茶箱を投げる」とくると、当然「ボストン茶会事件」を思い出す。

一七七三年、まだイギリスの植民地であったアメリカ・マサチューセッツのボストンでイギリス

本国の植民地政策に憤慨した急進派が、港に停泊中の貨物船に侵入し、イギリス東インド会社の船荷である紅茶の箱を海中に投棄した事件があった。これを「ボストン茶会事件（Boston Tea Party）」と言い、アメリカ独立戦争の前哨戦となるものであった。その背景にはイギリス本国が制定した「茶法」がある。これはイギリス東インド会社に植民地での茶の販売独占権を与えるもので、それまでオランダから茶を輸入していた植民地から本国が茶税を徴収することを目的としていた。

作者がボストンを訪れた時の作品のようであるから、実際に二百四十年前に茶箱が投棄された港を見て作ったのであろう。「いつの世も」という言い方には、現在の自分のことが重ねられているようだ。作者は毎月の給与明細を見ながら天引きされている税額に憤慨していたのかも知れない。

その憤慨は何とか発散したいところであろうが「茶箱を投げる」なんてことはしたくないというところにこの作者の機知がある。諧謔性もあり、下句の柔らかい理性は魅力的であるが、言っていることは極めて重いことである。

陽ざかりを赤やみどりの実のはてに熟るるかなしさトマトにみたり
情景をひらけと言へど「春暁」は朝寝坊の歌と暗誦されて
悲しみに翼があらばゆらりゆら螢はひかる一の坂川

2016/08/24

青空を殺し続けて飛びゆけるジェット機の下に鳥の空あり

岩井謙一『ノアの時代』（二〇一六年、青磁社）

空は本来、風と鳥の領域であった。それがライト兄弟以来、人間が闖入してきて、ある時期からはおぞましい戦争の空間ともなった。即ち、空は風と鳥と所々人間も共存する領域となってしまった。しかし、現在は、民間機にしろ軍用機にしろ、高層圏を飛ぶことが多くなっている。風と鳥の空間のずっと上である。ジェット機は鳥を下に見下ろしながら（実際には、肉眼では見えないであろうが）、ほとんど神の領域と言っていいような高層を凄まじいスピードで飛ぶようになってしまったのである。下に見るということは、地位的に下に置くということに他ならない。後からおずおずと入れてもらった空間を人間が傲慢にも支配するようになってしまったのである。それも極めて暴力的に。そのことを作者は「殺し続けて」と痛烈な言葉で表現した。まさに現代の我々人間は美しい青空を殺し続けているのである。はるか下の鳥を見下ろしながら。

歌集「あとがき」に「私は長らく人類が滅びるとしたら核戦争であろうと思ってきた。しかし今は気候変動によってそれは起こると考えるようになった」とある。核戦争で人類が死滅する危機は依然無くなってはいないが、かつての冷戦時代に比べればその可能性は少なくなった。その代わり、地球温暖化といった気候変動の方が人類存亡の危機をもたらす危険が増えてきている。長い長い時間の中で形成されてきた美しく調和のとれた地球環境が今人間によって破壊されようとしていることを作者は何よりも憂い、怒っている。その気持ちを作者は観念的な言葉ではなく、鮮明なイメージで読者に提示してくれた。結句の「あり」という簡潔な断定が作者の思いの深さを表しているようだ。

科学などぼろぼろになり青かったみんなの地球ぼろぼろにせり
放射能たしかに見えず人の目に見えぬものこそ多き世界よ
ノア見たる海のみの世界こんどこそノアすらおらずはばたけよ鳥

2016/08/26

誤りて設定すれば誤りの時きざみゆく家電の時計

小野雅子『白梅』（二〇一三年、ながらみ書房）

最近の家電にはデジタル時計が組み込まれているものが多い。例えばテレビや録画機であれば録画開始時間を、炊飯器であれば炊飯開始の時間を設定するためのものなのだが、機器そのものは止めてあっても、時計としての役割は十分に果たしている。そのような家電機器は通常、買ってきた時に正確な時間に合わせて設定するのだが、その時に誤って設定すると、その後はずっとその誤った時刻を刻み続けることになる。また、最初の設定時は正しく設定していても、使っているうちに数秒の誤差が累積して、数分の誤差になってしまうこともあるだろう。

この作品はそのようなことを言っているのだが、人生のこととしても読めるかも知れない。例えば交友関係で、些細なことで軋みが生じれば、それは意図的に、或いは何かの偶然で修復されない限り、ずっと軋んだままである。場合によっては、お互いに心の中でその軋みが増幅するかも知れない。家電の時計の数秒の誤差が時間とともに拡大していくように。「誤り」という言葉のリフレインが切ない。

短歌の面白さは、このように具体的なことを歌いながら、その表現の背後に様々なことが重ねて読めるということである。特に、人生の葛藤などは、そのままストレートに表現すると読者が引いてしまうことがあるが、何か物に託して読めば柔らかくなる。描写や嘱目の歌として詠みながら、その背後に作者の思いを込めることができるのが短歌詩形なのだ。

指折りてなにかを数へゐる少女みそひともじでは多分なからむ
色褪せて名のうすれたる子の定規家計簿の線引くのに使ふ
咲ききりて次に伸びくる花のためヒヤシンスその長き茎を曲ぐ

寒波襲来の予報流るる一月の晦日の夜更け母は逝きけり

小見山泉『みづのを』（二〇一四年、みぎわ書房）

母の死というとても重大なことを歌っているのだが、「逝きけり」とだけ極めて簡潔に表現されている。どのような死因で、どのように亡くなったのか具体的な状況は一切説明されていない。他の作品を探してもそのような作品は見当たらない。

ただ判っているのは「寒波襲来の予報流るる一月の晦日の夜更け」であったということだけである。人の死は基本的に時期を選ぶことができないので、たまたまそのような時であったということなのだろうが、「寒波襲来」「一月晦日」「夜更け」といった言葉が辛さ、厳しさ、寂しさを連想させる。もっと言えば、そのような状況の持つイメージが、母亡き後の作者が辿るであろう悲しみに満ちた人生を示唆しているようにも思える。

初句字余りの作品である。初句を仮に「寒波来る」とでもすれば定型に入る作品であるが、作者は敢えて定型に仕上げなかった。作者の抑制された深い悲しみがそうしたのかとも思う。初句の堅い漢語の突出したリズムに、母を失う作者のどうしようもない悲しみが込められているのかも知れない。

日を浴びて光合成する葉のごとく皮膚の方よりよみがへりゆく
改装工事終りたる日に母はをらず母の居場所に冬日がさして
冬の夜の遠いかづちを聞きながら着古しし母の寝間着で眠る

2016/08/31

ゆふぞらを身ひとつで行く鳥たちは陽の黄金《わうごん》につつまれて飛ぶ

小島ゆかり『馬上』(二〇一六年、現代短歌社)

夕方、森の巣へ帰る鳥であろうか。夕陽に照らされながら飛んでいく。それを見ながら作者は、鳥が「身ひとつ」であることを思った。洋服も帽子も靴も身に着けていない。それは当然であるが、作者はさらに、あの鳥たちには、家族はあっても、親戚や隣人はいないのだろう、また愛憎、嫉妬のような人間的な感情も、富、虚栄、名誉のような社会的欲望もないのだろうと思う。作者は、そのようなものも含めて「身ひとつ」と思った。持っているのは、単純な生存と種の存続に関する本能だけである。そのような余計な物を一切身に着けていない鳥が夕陽に照らされて黄金色に輝いているのだ。下句の美しい表現には幸福感が満ちており、そこには作者の羨望の感情も少しはあるように思える。

その裏返しとして、作者は、人間は決して「身ひとつ」では生きられないことを痛感している。春夏秋冬に合わせて服を変え、またTPOに応じても服を変え、帽子や手袋や靴のようなものも身につけなければならない。それればかりではない。家族や隣人、上司、同僚には挨拶しなければならない。地域の自治会のゴミの出し方のルールは守らなければならない。親が病めば看病をし、不幸にして亡くなれば葬儀、埋葬をしてあの世へ送り出さなければならない。生活していれば電気を使い、悲惨な原発事故とも向き合わなければならない。所得があれば納税をしなければならない。そのような実に気の遠くなるような繋がりのなかで生きているのが人間なのだ。それを社会というのだろうが、ある人にとっては「束縛」となることもあるのかも知れない。

夕空を身ひとつで行く鳥を見ながら、作者は鳥と引き比べて人間の身を思っている。特に、作者はこの歌集の間に父を介護し、最後を見送った。また、敬愛してやまなかった宮英子さんをも失った。しかし、悲しいことだけではない。娘たちの成長と自立を見守ることはうれしいことであったであろう。地方の美しい自然を見ることは、たとえそれが短歌の仕事の旅であったとしても楽しいことだったであろう。人生は悲喜こもごもで成り立っているのだ。そう思った時に、作者は鳥の生の簡浄さを羨む一方で、鳥たちに比べて喜びごとも多い人間の生を少し嬉しく誇らしげに思ったのかも知れない。

われ無しで子らはもう生きわれ無しでもう生きられず老いたる父母は
街はもうポインセチアのころとなり生老病死みな火と思ふ
リードにてつながる犬と人見れば人間である自分がいやだ

2016/09/02

おまへにはいつぺん言ふておかねばと仏は足を組み変へたまふ

小黒世茂『やつとこどつこ』(二〇一二年、ながらみ書房)

仏像に向かうと、その仏像が自分に何かを語りかけているような気持になることがある。もちろん、仏のその言葉は自分の内心の反映であるのだが。

この一首、仏像は半跏思惟像であろうか。仏像が足を組み変える訳はなく、そう見えたのもまた作者の内心の反映であろう。大体が足を組み変えるということは、何か改まったことを言う時で、特に相手に小言などを言う時はそうなってしまう。

作者の中には何か反省すべきことがあるのかも知れない。それを自覚しているのだ。そのような気持ちの時に仏像に向かうと、仏像が作者の内面の声を代弁してしまう。自分の心の底の気持ちが仏に言わしめるのだ。それにしても、「おまへにはいっぺん言ふておかねば」とは、まるで自分の叔父さんに言われているような言い方である。父親に言われたのでは素直に聞けないようなことも、叔父さんから言われると素直に聞くことがある。この言い方は、そんな時の叔父さんの言い方だと思う。また、この話し言葉がとても柔らかく、聞けないことも思わず聞いてしまうような気がする。更に言えば、この旧仮名表記が内容の角を丸めている。新仮名だと、もっと角が立ってしまうだろう。

作者はそのようなレトリックを十分承知しているのみならず、そもそも普通の人よりは自然や神仏などとも自由に会話ができる人のような気がする。

軍用刀の玉鋼のみ作りしを嘆くたたら師　煤をはらひつ
音もなく軋みはじめる長姉なりながびく電話とみじかき手紙
ボールペンの先端カチリとひつこめて小笹《をざさ》の宿《しゆく》に一首読みをふ

2016/09/05

読みくるる「みんなちがってみんないい」金子みすゞは自死したんだよ

川本千栄『樹雨降る』（二〇一五年、ながらみ書房）

金子みすゞ（一九〇三～一九三〇）は長らく忘却されていた詩人であり、一九八〇年台半ばに遺稿集が発見されて再評価されるようになった。東日本大震災の直後もテレビなどでその詩がしきりに流されていたことを覚えている。彼女は薄幸なその短い人生を服毒という悲劇的な形で自ら絶った。自死の理由は、単純なことではなく、様々な事情が重なってのことだと思う。

「みんなちがってみんないい」はみすゞの「私と小鳥と鈴と」という詩の一節であり、人間の個性、多様性を大切にしようということであろう。彼女の詩句には、世間の様々な因習、しがらみに翻弄された末に二十六歳という若さで自ら死を選ばざるを得なかった女性の火を吐くような叫びが実に穏やかで優しい言葉で綴られている。

しかし、引用歌の作者は、そのみすゞが自死せざるを得なかったことに深い違和感を感じている。

あれだけ人間の個性を重視し、多様性を叫んだみすゞの個性が生きることをその時代が許さなかったことに作者は激しく怒っている。結句の穏やかな話し言葉は、みすゞ自身の詩に通じるものを感じるが、そこに込められた気持ちは強く、激しい。

「赤ちゃん」とかつて赤ちゃんだった子が寄って行くなり桃咲く道を
煙草王生糸王らの洋館に曲線型の窓枠はある
軍艦に似た雲光る　人を恋うことは私にもう無理ですか

2016/09/07

車椅子の旅「一階の左奥……」「二階の右隅……」と検査室めぐる

棗隆『さらば、白き鳥よ』（二〇一三年、本阿弥書店）

連作の中の一首なので、これだけでは状況が解りにくいかもしれないが、作者は急病の父を救急外来に運び込んだところである。当直の医師が、一目見るなり「入院させよ」と言い放ち、各種の検査が行われている。間質性肺炎、腸閉塞、大動脈瘤などの様々な病気のために呼吸困難に陥っていることが前後の作品から分かる。

作品の点線の部分は、例えば、採血室、レントゲン室などの名前が入るのであろう。作者としては、ただただ、父を乗せた車椅子を押しながら、指示されるままに幾つかの検査室を巡るしかない。その時の作者にとって大事なことは、「一階奥」、「二階右隅」といった場所であって、そこが如何なる検査をする部屋かということは二の次である。だから、そこは点線で示される。

初句の「旅」という表現に注意したい。現代のレジャーとしての旅ではない。何らかのやむを得ない事情で行う昔の「旅」である。様々な予測のつかない不安と苦痛と困難が待ち受けている旅なのである。それらの苦痛と困難を克服しながら行きつく先もまた未知の土地なのである。今、作者と父が辿っているのは病院の廊下ではあるが、同時にそれは不安と苦痛と困難の待ち受けている「旅」なのである。

そして父は数か月の闘病の末に逝去された。この歌集の中で、作者はもう一人の大切な歌の仲間だった成瀬有をも失った。歌集巻末の「この集のすえに」と題したかなり長いあとがきの中で作者は次のように書いている。

〝歌集題の「白き鳥」の解釈は読者に任せるものだが、多くの方に魂を運ぶ「白き鳥」を連想していただけると思う。それは　成瀬有でもあり、私の父でも大震災で亡くなった方々でもある。また私達の歌誌「白鳥」(これは沼空が大正十一年に創刊した創作論文誌「白鳥」に由来する名。成瀬有の命名)、さらに成瀬さんの愛したヤマトタケルの伝説、その他、様々な内容も含まれてよいだろう。〃

唸りつつ息する父のこゑひびく〈大晦日〉廊下に人影はなし
足早に当直の若き医師が来て父の瞳孔《ひとみ》を診《み》る。時刻告ぐ
遺影もち挨拶したるわが声を誰かが父に似るとつぶやく

2016/09/09

寝入りばな何を騒ぐと服たちをタンスに叱ればケータイ現る

桜川冴子『キットカットの声援』(二〇一三年、角川書店)

童話めいていて、なんだかとても楽しい一首である。一日の勤めを終わり、帰宅して、夕食や入浴なども済ませて、パジャマに着替えて、やっとベッドにもぐり込んだのであろう。昼間の疲れからあっという間に眠りに就いたと思ったら、タンスの中から妙な音がして、起こされた。寝入りばなを起こされると誰でも不快なものである。寝ぼけ眼にタンスを開けたら、吊るされている昼間来

ていた服のポケットから携帯電話の着信音が鳴っている。よくあることである。「騒ぐ」「叱る」などと言って、服や携帯電話を擬人化、戯画化しているのが、とてもユーモラスで面白い。極めて現代的な一首である。こんな短歌があってもいいいと思う。

ちなみに、現在では我々の日常会話で「携帯電話」と言うことは少なく、大体「ケータイ」で済ませてしまう。短歌の中では出来れば正確に「携帯電話」と表記して欲しいと思うが、音数の制限のある短詩型の中ではそれも難しい。どうしても省略した形で言わざるを得ない事が多いのだが、その場合「ケイタイ」とすると文字通り短縮形という印象がして、「ケータイ」とすると少し別の名詞のような印象を受ける。そして、「ケータイ」はしばしば文脈の中でははは批判的なニュアンスを伴うことがある。引用歌の場合も批判的ということでもないのかも知れないが、対象と少し距離を置いている感じを受ける。

乾杯の音をカリンと鳴らすときグラスのなかでワインは踊る
教へ子の子といふ不思議抱きあげてウォータークーラーの水飲ませたり
持ち帰る仕事を両手にぶらさげて雑踏に佇つ障害物われ

2016/09/12

今日一日身を鎧いいしジャケットの型くずれたり椅子の背が着る

永田淳『湖をさがす』（二〇一二年、ふらんす堂）

スーツやジャケットは男性の鎧であると言われる。昔の武士が鎧を着て戦場で命のやり取りをしたように、現代の男性も熾烈なビジネスの場ではたいていスーツを着る、少し緩やかな職業の場合でもジャケットくらいは羽織る。もっとも、誰の歌だったか忘れたが、女性歌人の作品で〝スパンコールで鎧って町へ出る〟というような歌があったので、男性も女性も、仮想敵が想定される場へ出るときは鎧が必要なのである。

作者は出版社を経営しているので、普通のサラリーマンよりは多少ラフなスタイルなのであるが、それでも仕事である以上余りにもラフ過ぎるわけにもいかず、顧客との打ち合わせの場ではジャケットを着るのであろう。一日の仕事を終えて帰宅し、ジャケットを脱いで椅子の背にかける。自らが脱いでかけたジャケットを見ながら、作者は、その型がひどく崩れていることに気が付く。型が崩れているのは、一日、長く着ていたり、暑かったり、運動をしたりなどの理由によるものであるが、その崩れ方はまるで作者の一日の疲労の嵩の象徴とも見えるのだ。

結句の「椅子の背が着る」という擬人法にも注目したい。書斎の椅子か、食卓の椅子か、いずれにせよ、デザイン性はあるにしても、それよりは機能性を重視した椅子だろうと思う。働くのは単に家族を養うためだけではない。ユニークな仕事をしてこの業界で一目も二目もおかれたいという野心もあるかもしれないが、そのためだけでもない。この世に生まれた自分自身の存在を確かめるために仕事をするのだ。そのことが人格化された椅子に象徴されているような気がしてならない。

電柱に茶色く枯れて結わえられ百合はしずかに傾きていつ

一陣の鬣ゆけり湖《うみ》の面に真夏のしろき波を生ましめ

知っていて言わないことが多くある冬木の影が街灯に伸ぶ

2016/09/14

どこまでが路と分らぬ濃霧なり戦場を人生を想ひつつ行く

森山晴美『春信』（二〇一一年、角川書店）

濃霧の中の高速道路の運転である。前の車や車線が見えにくいので、低速で慎重に運転せざるを得ない。一歩間違えば、重大な事故に繋がる。場合によっては命を失う。その時に作者は、この状態が戦場や人生に似ていると思ったのだ。

現代の戦争は電子機器を駆使して遠方より敵の見えない状態で戦争を行うことが多いが、作者が脳裏に浮かべているのは、第二次世界大戦頃までの、いわば古典的戦争であろう。例えば南の島のジャングルの中で行う戦闘である。敵弾が飛んでくるところで匍匐しながら前進する。わずかな不注意が命を失うことに繋がる。確かに濃霧の高速道路の運転と似ている。

また、直接命を失うということにならなくても人生もまた同様なのだ。仕事やそれ以外の対人関係でも、ちょっとした不注意が思わぬ結果を招くことがある。作者はそれまでの人生でそのような状況を沢山目の当たりにしてきたのであろう。

作者は一九三四年生まれとあるから、実際の戦争の思い出もあるのであろう。また、教員として、特に最後は管理職として勤めてきた作者であれば、ちょっとした不注意で人生を誤った例も沢山見てきたと思う。そのような作者であれば、この一首に込められたメッセージに極めて重いものを感じる。

人形の泣くにあはせて唇《くち》の端のはつかに歪む人形遣ひ
受話器とる声の沈みてそれまでの独りの時間思はするかな
ひと桶のトルコ桔梗の紫がさと引き抜かれ花束となる

2016/09/16

包丁で刺したる男「恨むならヒッタイトを恨め」と呟けり

松木秀『親切な郷愁』（二〇一三年、いりの舎）

世界で初めて鉄器を本格的に使った民族はヒッタイト人だと言われている。紀元前十七世紀頃にアナトリア半島（現在のトルコ共和国のアジア部分）に居を定めた彼らは、それまでの青銅器に比較してはるかに鋭利で強靱な鉄器を駆使し、周辺諸国を征服して強大な帝国を樹立した。古代エジプトと戦ったことでも知られている。因みに、ヒッタイトの鉄器文明の逸品は現在アンカラのアナトリア文明博物館で見ることができる。それ以来、人類の文明は鉄を中心に発達してきたと言っても過言ではないだろう。特に近代に入ってからは産業製品の大半が鉄を使うようになり、つい最近まで鉄は「産業の米」とまで言われていた。引用の作品はこのことを踏まえている。現在の包丁はセラミックのものもあるが、基本的には鋼（〇・三〜二％の炭素を含む鉄合金）である。ステンレス製のものもあるが、それも鉄に十二％程度のクロムを添加した合金なので、鉄と言っていいであろう。

作者は、包丁で人を刺した男は、悪いのは自分ではない。鉄器を使い始めたヒッタイト人が悪いのだと言っている。彼らが鉄というものを使い出したおかげで、人類はそれまでの青銅器文化から鉄文化に発展し、その結果、自分は鉄製の鋭利な包丁を容易に入手できることになってしまったことが、この犯罪の原因なのだと言っている。もちろん、四千年以上前のアナトリア半島のヒッタイト人と、現代のここ日本での犯罪とは何の因果関係もない。それを強引に結び付けてしまうのは、極端な論理の飛躍である。いや、飛躍ですらない。論理の断絶かも知れない。この作中の男もそれが説得力を全く持たないことを知っている。だからこそ叫ぶのではなく呟いたのだ。その「論理」は社会に訴えるものではなく、自分の犯罪を正当化するための勝手な言い訳に過ぎない。

作者は特定の事件を想定してこの作品を作ったのではないと思う。現代社会にはこの種の強引な論理の飛躍（または断絶）で責任を逃れ、自己を正当化する傾向があまりにも多すぎる。そしてその傾向は、我々一人一人の内部にも全くないとは言い切れない。そんなことを思わせる一首である。

桜には飽きないけれど日本人が桜に与える意味には飽きて
ダイエットする前のサンプルとして太った人は必要である
「担当者不在ゆえわかりません」と答えるための担当はいる

2016/09/19

発音をせぬKの文字　ナイフもておのがいのちを裁ちし男よ

本田一弘『磐梯』（二〇一四年、青磁社）

続いてもう一首、刃物の歌である。ナイフの英語綴りはknifeである。語頭のkの音は発音しない。他にもknow, knee, knitなども語頭のkは発音しない。これらの言葉はいずれもknで始まっている。古代のイギリス人はこれらのkの音をそれなりに発音していたようだが、発音しにくい音なので、いつの間にかk音は発音から脱落していったようだ。しかし、発音は変わっても音の表記だけは残った。この辺りは日本の歴史仮名遣いにも似ている。それにしてもこの発音しない字がついているために中学生以来、英語の学習で悩まされてきた日本人は少なくないと思う。

ナイフで自殺した男のことを知って、作者はナイフの英語綴りの語頭には発音をしないkの字が付いていたことを思い出した。英語の発展史の中で「脱落」した音である。逆に言えば、現代英語の発音では「不要」な字である。男の自殺の理由はこの作品では説明されていないが、深い事情があったのであろう。「脱落」にしろ「不要」にしろ、「発音をしないKの文字」はその男の人生の比喩のようにも思えてならない。そしてその男はまさにそのナイフを自分の命を絶つ道具として選択したのだ。自殺した男にそのことの意識があったとは思えないが、何とも皮肉なことである。

最近、全国の二十歳以上の男女を対象とした調査で、「本気で自殺を考えたことがありますか」という質問に対して、「ある」と回答した人は二十五・四四％であったという衝撃的なニュースが伝えられた。実に四人に一人である。この数字に愕然とせざるを得ない。社会として何らかのセーフティネットを整備する必要があるだろう。「発音をせぬKの文字」のような「脱落」や「不要」を容認するような社会が望まれる。

何事もなかつた様にさるすべり咲き、咲き終り時は逝かむか
たらちねの母音脱落してゆきし子音よわれの如くさぶしも
山鳩はこゑひくく啼く三年をまだ見つからぬ死者をよぶこゑ

2016/09/21

仕事終へ「また明日」といふ人のなくコトッと閉めぬ事務所のドアを

影山一男『桜雲』（二〇一一年、不識書院）

作者は短歌専門の小規模な出版社を経営している。他に社員はいないのであろう。通常、会社では勤務時間が終われば「それではまた明日」などと上司や周囲の同僚に挨拶をして退社するが、こではその挨拶をする相手がいないのだ。或いはそう挨拶して一足先に退社する同僚や部下がいないのだ。作者も以前はもっと多きな出版社に勤めていて、夕方の職場には「また明日」という挨拶が飛び交っていたのであろう。そんなことを思い出しながら、心の中で誰にともなく「また明日」と言っているのかも知れない。

個人経営の会社は、基本的に出退勤が自由である。それは気楽ではあろうが、そうしていたのでは会社が成り立たない。世間並みの勤務時間を決めて、一応それに従って勤務しているのであろう。それは厳しく自己を律する気持ちが無ければならない。相手がいなくても一応「また明日」と心の中で呟く、或いは空想の同僚がそう言いながら職場を出て行くのを想像しているのは自分に対するけじめなのだ。

ここでは「コトッと」というオノマトペが意外に効いていると思う。恐らくは殺風景で、商品の本の山がフロアを埋めているような事務所なのだ。その事務所に夕方響くドアを閉める音、それは無機質な音ではあるが、人間の存在を確認する音であり、一日一日の仕事のけじめの音でもあるのだ。平明に表現しているが、しみじみと心に沁みてくる一首である。

うつし世のさくら満開死をみつめさくら満開全身で咲く

化粧せよそのたましひに化粧せよ夏の渋谷を行く君達よ

ゴムの木も五年経てやや衰へぬ歌集百冊ほど成りし間に

2016/09/23

誰がために揚がる半旗かふくらんで刻々と風のかたちを示す

服部真里子『行け広野へと』（二〇一四年、本阿弥書店）

「半旗」とは亡くなった人への弔意を表すために旗竿の上位より下に掲げる旗のことである。元々は船舶において弔意を表す際に、国旗に喪章を付ける習慣があったが、洋上では視認できにくいために、国旗を下に掲げる方法に変化したとのことである。それがいつのまにか洋上に限らず実施されるようになったものらしい。

この一首、誰のためか判らないが半旗が掲げられているという。そこへ風が吹いてきて、旗を靡かせている。風そのものは目には見えない。我々が風を認識するのは体に受ける風圧、風が物体に当たって立てる音、そして靡きやすい物が靡いている状態を視認してである。靡きやすいもの、例えば木の葉、草、ベランダに干されている洗濯物、そして旗などである。特に洗濯物や旗などの布製のものは木の葉や草などに比べると大きく靡きやすい。我々はその布の靡き具合をみて、風の強弱を判断する。強い風に時は大きく膨らみ、風の弱い時は小さく膨らむ。それは即ち風の形なのだ。

作者は半旗によって人の死という この世の欠落の一つを確認し、同時にその半旗の膨らみ具合で、風という目に見えないものの存在を確認している。欠落と存在、その相反する二つの物が作者の眼前にまざまざとして交差しているのだ。そうやって作者は世界の深い所を見詰めている。

家路とは常に旅路でゆるやかに髪を束ねて川沿いを行く
木犀のひかる夕べよもういない父が私を鳥の名で呼ぶ
ひとりひとつしんと真白き額もつあれは湖へゆく人の群れ

2016/09/26

第五演習室へ提げてゆく『中世の秋』あきらめてきたもの

大森静佳『てのひらを燃やす』(二〇一三年、角川書店)

『中世の秋』はオランダの歴史学者ヨハン・ホイジンガ(1872〜1945)の著作である。彼は十四・十五世紀のフランスとネーデルランドに関する実証的調査を行い、それに独自の史的想像力を加えて、この時代のこの地域に一つの文化的終焉を感じ取った。それがヨーロッパ世界における中世的世界の終末の予兆、即ち「中世の秋」なのである。その後に「近代」が始まったのだ。因みに、ホイジンガはライデン大学の教授であったが、ナチス・ドイツのオランダ占領によりその職を追われた。『中世の秋』は日本でもかつての大学生が教養として競って読んだものだったが、現代の大学生には、西洋史を専攻する者以外にはあまり読まれていないのであろうと思う。

この作者の場合もおそらく大学の演習のテキストとして読んでいたのではないだろうか。テキストを持ってその演習が行われる教室へ向かっているのである。そこまでは叙述であるが、『中世の秋』という少し寂し気な書名が読者に深い印象を与える。それはたまたま演習でこのテキストが使われていたということだけだったのかも知れないが、敢えてそのことを歌にしたということは、作者の心の中にこの書名に反応した何かがあったのだろう。多分、内容よりも書名そのものに反応した何かが。

「あきらめていたもの」とは何だろうか。『中世の秋』という書名と関連付けて考えてもいいのだろうが、それとは全く関連ないものと思ってもいいだろう。とにかく作者には何か「あきらめていたもの」があったのだ。恋愛、学問、文学、資格、等々なのかも知れないが、取り敢えずここではそれは何でもいい。読者の方も、それぞれが自分自身の「あきらめてきたもの」を想像すればいい。『中世の秋』と「あきらめていたもの」、時間も空間も次元も全く違う二つの物が作者の、そして読者の内部で鋭く交差する。
韻律性の優れた作品ではない。どちらかと言えば、ゴツゴツしたリズムである。そのぎごちなさと必ずしも明瞭に説明できない内容の混沌さ、それらが相まって、うら若い女性の心理のガラス細工のような繊細さが感じられる。

辻褄を合わせるように葉は落ちてわたしばかりが雨を気にする
われの生まれる前にひかりが雪に差す七つの冬が君にはありき
奪うには近くて　耳に細い雨　奪われるには遠すぎたこと

2016/09/28

流れゆく川のきらめき木の間より見えずも聞ゆその川の音

中村幸一『あふれるひかり』（二〇一六年、北冬舎）

状況としては、作者は多分春か夏の明るい日差しの中を谷沿いの道を歩いている。木立に遮られて流れは見えないが、その水音は絶え間なく聞こえてくる。作者は川は見えないけれど、自分の見える範囲の状況と水音から判断して、水は日差しにきらめきながら流れているに違いないと想像している。

読者は「流れゆく川のきらめき木の間より」まで、てっきり作者がその水のきらめきを見ていると思いながら読む。そして「見えずも」まで来て、一転、ああ、それは見えていないのだ、とまるで梯子を外されたような気持になる。そして、結句の「その川の音」まで来て、改めて川の音に意識が戻っていく。かなり凝った作り方であると言えよう。作者は比較言語学が専門の研究者でもあるが、そんなこともこの文体と関係があるのかも知れない。

これはこれで優れた嘱目詠であるが、この作品の前に「川のごと流れゆきたる時のなか生まれ出ずるを生というらむ」という作品が置かれているので、或いは引用歌の「川」も人生の喩なのかと思ったりもする。そう思って引用歌を詠み直すと、「川」は自分では見えにくい自分自身の人生とも思えてくる。作者は「あとがき」に「本歌集の基本方針にしたいと思ったのは、直感、インスピレーション、感覚、遊ぶことである」と書いているので、やはり単なる嘱目詠とは思えない。それともこれは「遊ぶこと」に入る歌であろうか。

「人生は続く」と歌いしスペインの歌手老いてもはやこれを歌わず
うねる文字おどりてあわれアラビアの文字のちからに心さわぎぬ

2016/09/30

雲間より降りくる光。刃のごとくつらぬかれつつもの思いたる

「コンセントを抜く」は間違ひ「プラグを」と直して節電の貼り紙とす

澤村斉美『galley』（二〇一三年、青磁社）

ああ、確かにそうなのだと思う。我々は日常生活で何気なく「コンセントを抜く」と言ってしまうが、コンセントは壁などに固定されているのもであって、抜くことは出来ない。抜くのは、そこに差し込んであるプラグの方なのだ。そう言えば、こんな歌もあった。「ひとみを閉ぢてと唄う歌手をり努力してもわたしはひとみを閉ぢられません」（山本かね子）。これも閉じるのはまぶたであって、ひとみではない。皮肉たっぷりの歌である。

そんなことを思うと、我々は日常なんといい加減な言葉遣いをしているのだろうか。頭の中では〝抜くのはコンセントではなく、プラグ〟、〝閉じるのはひとみではなく、まぶた〟という認識はあるのだが、会話では何故か「コンセントを抜く」、「ひとみを閉じる」とつい言ってしまい、それで相手に通じてしまうから、なんとも恐ろしい。

歌会でも時々このような、日常では何気なく使うが、よく考えてみると間違っている言葉遣いの作品を見ることがある。自分でも使ってしまいそうになるが、そのような時、私は英語に直訳してみて、外国人に意味が正しく伝わるだろうかということを考える。間違った使い方でも、それで相手に伝わるからいいではないかという考え方もあるだろうが、我々は言葉に携わる者として、日本語の秩序を自ら壊していくことに加担したくない。

掲出歌の作者は新聞社の校閲記者として働いているのだが、マスコミュニケーションの分野では特に言葉の正確な使い方が求められる。その習慣が社内掲示でも出てくるのだ。几帳面であり、かつ日本語を大切にする作者なのだと思う。

ゑのころにみつしりと秋溜まりゐて通勤者にも光をこぼす
人を刺したカッターナイフを略すとき「カッター」か「ナイフ」か迷ふ
テーブルに置き手紙増ゆ味噌汁のこと客のこと電池なきこと

2016/10/03

それなりに背負うべきものもあるからか用紙がくぼむまで印を捺す

生沼義朗『関係について』（二〇一二年、北冬舎）

「それなりに背負うべきもの」とは何だろうか、考えられることは、一つには、作者の家族であろう。サラリーマンは職務に専念しなければ職を失う。そこまでいかなくても一般社員であれば昇進が遅れる。経営者であれば業績が振るわない。そうなると収入が途絶えたり、増えなかったりして、家族が困窮してしまう。自分は家長であり、家族を扶養する義務がある。そうであれば、なにはともあれ力んで仕事をするしかない。

「それなりに背負うべきもの」はもう一つ考えられる。それは職場又は組織における作者の責任である。前記の「家族」がそのまま「組織」に置き換えられる。部長であれば、自分の部の業績が振るわなければ、部員のボーナスに影響する。経営者であれば、会社全体を背負っている。自分や自分の家族のみならず、社員全員とその家族の生活を背負っているのだ。

「それなりに背負うべきもの」は前者か後者か。或いはそのようか区別をする必要はなく、その両方かも知れない。自分の家族、自分の組織、もろもろのものを含めて作者は「それなりに背負」っているのであろう。

下句が強い印象を与える。自分が捺印する一通の書類が自分、自分の家族、部下、部下の家族、全てに影響を与えるのだ。そう考えると捺印する手にも自ずと力が入るのだ。

草原を飛んでいく声　唐突に思うことありハイジの老後
学問の自由、職業選択の自由、破産の自由、自殺の自由。
ドラマにて追いつめられし犯人はおおかた水辺に自白をなせり

2016/10/05

ぺらぺらの通勤定期の文字流れかすれたる頃、新品届く

真野少『unknown』（二〇一五年、現代短歌社）

現在の通勤定期はSuicaやPASMOのようなＩＣカードに組み込まれているものが多いが、少し前の定期券は磁気部分に必要情報を記録させた薄いプラスチック製のカードだった。ツルツルの表面に区間や有効期限のような情報がインクで印字されていた。それを毎朝毎夕自動改札口のスロットに通すわけだから機器との物理的な接触によって次第に印字が流れたりかすれたりしてくる。必要

な情報は磁気部分に記憶されており、機器はその磁気部分の情報を読み取るので、表面の文字が流れていてもかすれていても、定期券としての機能には支障はない。ただし、その定期券を磁気のある他の機器の傍などに置いておくと、磁気情報が狂って、鉄道会社の窓口で再度記録し直してもらう必要があった。多くの会社は人事部が定期券の現物を支給しており、その文字が読みにくくなった頃に新しい定期券が届けられる。普通は半年毎にだろうか。

掲出歌はそのような事情を歌っているのだが、何となくサラリーマンの哀愁が感じられる。特に初句の「ぺらぺらの」は薄いプラスチックの形状を表現しているのだが、一般サラリーマンの比喩のように読めてしまう。「かすれたる」辺りにも毎日の通勤の疲労を重ねて読むことが出来よう。そして、「新品届く」という結句にも意味がありそうだ。

サラリーマンであれば誰でも心当たりのある作品であろうが、言い換えれば、現代の日本のサラリーマンの置かれている実情を垣間見させている。更に彼らの本音がそこはかとなく代弁されているようだ。この作品には過剰な深刻化や戯画化が無く、抑制された表現で事実を伝えているのだが、それだけに訴えてくるものがある。

一昨日《おととい》のホームを走りていたるひと今朝は歩めり同じ時刻を
乗れざるを乗らむとしたり乗りたれば乗せむとはせずドアの際にて

金平糖のふくろ破れてひかりさす朝のプラットフォームに散れり

2016/10/07

五分ほど遅れてをれば駅ごとに日本の車掌は深く深く詫ぶ

齋藤寛『アルゴン』（二〇一五年、六花書林）

確かに日本の電車では運行が数分遅れただけで、駅を発車するごとに車掌の馬鹿丁寧な「お詫び」の車内放送がある。「駅ごと」にあるのは、その駅から新しく乗車した人のためなのであろうが。乗っている者にはやや煩わしい。

日本人のこの几帳面さに外国人は驚く。一時間、二時間ならともかく、五分ほどの遅れは実生活にそれほど大きな支障はない。待ち合わせでも五分や十分の遅れは許容範囲内であろう。敢えて「日本の」と言っているのは、外国ではそんなことはないということを表している。

このことをもって作者は日本人の几帳面過ぎる国民性を揶揄しているとも言えようが、もっと大きく、現代文明そのものを鋭く批判しているようにも思える。時間を厳守するということは効率性の担保である。あらゆる場面における効率性は時間的正確さを前提としている。効率性、生産性最優先が現代文明の特徴なのだ。そして作者はそのことを批判することによって、現代における人間性の回復を呼び掛けているようだ。

修辞的には「深く」という言葉を重ねて使い、畳みかけることによって、車掌の几帳面さを表しているが、そこには作者の皮肉、というよりも、恐らくは手元のマニュアルに従って放送しているであろう状況に、深い絶望と怒りすらも感じているのかも知れない。また「五分ほど」という設定もなかなかのものである。「十分」でも「二分」でもこの効果はは薄れる。考え抜かれた表現なのだろう。

苦しみの巷のうへに虹生《あ》れてひとはみな虹だけを見てゐる
双乳の重さを負はぬ性なればば思惟《しゆい》しばしば浮き立ち易し
「シンジュクを出ますと次はシブヤです」車掌朗詠する午前九時

2016/10/10

森茉莉は美少女なりきひとめぐりすれば老婆となる鷗外展

水上比呂美『潤み朱』（二〇一四年、柊書房）

森茉莉（一九〇三〜一九八七）は森鷗外とその二人目の妻志げの長女であり、小説家、エッセイストとして活躍した人である。写真を見ると、美人かどうかは別として、鼻のあたりが父鷗外の面影を留めているように思える。鷗外はこの茉莉を溺愛し、彼女は十六歳まで鷗外の膝の上に座っていたという。

「だれだれ展」というような展示会では、通常、来場者は主人公の実人生に沿って巡るように資料が展示されている。その出生の時代から、少年時代、青年時代、中年、老年、そして死へと展示のルートは設けられてある。鷗外ともなれば、それぞれのステージにおける資料は豊富で華やかであろうと思う。そして、最初の妻、登志子と離婚したあと、一九〇二年に鷗外は大審院判事荒木博臣の長女、志げと再婚し、翌年に茉莉が誕生している。展示会でもそのような経緯は説明されているに違いない。そして、それ以降は鷗外と一緒に写っている茉莉の姿もあるであろう。最初は赤ん坊として、そして、多分、鷗外の死後のコーナーに老婆として。一緒に暮らしていたのでなければ、大人としての茉莉の写真は展示されてなかったかも知れない。

作者は展示会を廻る途中で見た茉莉の写真を見て美少女だと思った。しかし、展示会の最後の方では老婆としての茉莉の姿を見て、展示会を退出した。まさに、ひとめぐりしている間に森茉莉は美少女から老婆になったのである。鷗外の写真は順を追って展示されているから、鷗外が徐々に年を取っていく様子は伺われるに違いない。しかし、茉莉は少女からいきなり老婆になっていたのだ。それは不思議な感じがしただろうと思う。まるで、大木の向こう側に入った少女が一秒後に大木の反対側から出て来た時に老婆になっているように。途中の時間がすっ飛ばされたようにも思ったかも知れない。作者の微妙な戸惑いが伝わってくるような一首である。

八月が巡りくるたび戦死者は幾度も幾度も死ぬ記憶の中で
「結婚はビミョー」と言ふ子ブラウンのコートのボタンあごまで止めて
麻織のベージュの上着皺みゐて八十の父姿勢よかりき

2016/10/12

傘さしてゆくにんげんをわらひをりたつぷりと雨にぬれて樹木は

小林幸子『水上の往還』(二〇一三年、砂子屋書房)

傘は実に不思議な道具だと思う。人間は古代から傘を使ってきている。その素材やデザインは変わってきているが基本的な構造は何千年も殆ど変わっていない。一本の柄の先に放射状に骨が付けられており、その骨を多角形状に被う布、或いはビニールのようなものが張られている。雨が降れば、拡げて頭上にかざすことで濡れることを免れ、使わない時は畳むことによって携行が容易になる。極めてシンプルな構造である。その簡素な構造は古代から現在に至るまで世界のいたるところで共通している。違うのは素材、デザインなどの点に限られている。

ところで、自然界で傘を差すのは人間だけである。我々はそれを「文明」と呼んでいる。しかし、その「文明」がいかに危いものであるかは、あの原発事故で十分に思い知った。この一首、そんな人間の「文明」を揶揄しているようだ。樹木は傘を差さない。むしろ、雨が降れば濡れることによって、樹木は成長する。それが自然なのだ。生物と無生物がバランスを取りながら共存している。それが太古からの地球のシステムなのだ。しかしある時から、人間は自ら自然から逸脱し、そのことを「文明」と自負している。そんなことを思わせる作品である。

文明批判の作品ではあるが、歌われている光景は具体的であり、美しい。旧仮名で、しかも敢えてひらがなを多用することによって柔らかさと甘やかさが表現されている。主語の「樹木は」は最後まで読まないと判らない。読者は、解釈を宙吊りにしたまま四句目まで来て、結句で全てを了解するのだ。このトリックも熟慮されたものであろう。

これだあれ、写真ゆびさすをみなごは死者になりたるひとらを知らず
手の甲に楔のごときが刺さりゐる阿修羅の右手さしだされをり
みづびたしの藤原宮址、コスモスの花と流るる雲うつしをり

2016/10/14

砂時計ひっくり返す人消えて針の時間が追い越してゆく

細溝洋子『花片』(二〇一六年、六花書林)

砂時計をひっくり返してそこに置いた人がどこかへ行ってしまった。三分間の砂時計の場合、三分たてば、砂は落ち尽くして静止してしまう。それはまるで時間が停止したような錯覚に陥る。しかし、同じ部屋の普通のアナログの時計は動き続ける。短針、長針がそれぞれのメカニズムに基づ

き動き続けている。停止した砂時計をよそ眼にアナログ時計の針は動き続けるのである。それは、針の時間が砂の時間を追い越していくのだという。それまで砂時計と針のアナログ時計という二つの時間がパラレルに流れていたのだが、一方の砂時計の時間が止まったのに対して、アナログ時計の針は動き続けているのだから、確かに「追い越して」行ったのである。

また、「人消えて」という設定もこの場合、興味深い。この世界では、人間の営みとは別に、複数の時間が流れており、それぞれ止まったり、流れ続けたりしているのだ。人間はその一部に関与することがあっても、時間の全てを支配することはできないのだ。そんな印象を受ける。

そのようなことは我々は感覚では判っているのだが、それを言語化するということがなかなか難しい。しかし、言語化する場合、この不思議な感覚は恐らく散文で表現するよりも短歌のような韻文で表現する方が相応しいような気がする。ここでは「追い越してゆく」という端的で比喩的な表現がその二つの時間の分離を見事に表現した。短歌ならではの把握であろう。

氷上を舞う人体にあらわれて指の先より放たるる線
追い越してツバメ去りたり中空に速度が描く涼やかな線
この春の抱負を語る木蓮の全員起立の蕾ふくらむ

2016/10/17

職場の恋職場で話す　友は彼を「〈七階〉が」って居る階で呼ぶ

水上芙季『水底の月』（二〇一六年、柊書房）

職場の給湯室などでのOL同士の会話であろうが、少しばかりややこしい構造の作品である。作者の職場の「友」が、例えば「昨日七階がね、急に電話してきて……」などと話してくる。皆は「友」の彼は同じビルの七階で働いていることを知っているので、それで判ってしまうのだ。秘めた恋ではなくて、周囲の人たちもみな知っている公然とした職場恋愛のようだ。作者と「友」はそれ以外の階、例えば五階などで働いているのであろう。恐らく同じ組織で部署が違うのだと思われる。

日本語では、このように人の事を、その人が住んでいる場所で呼ぶことがある。例えは、福岡に親戚が居れば「昨日、福岡からこんなことを言ってきてね……」と言えば少なくとも家族の間ではそれで通じてしまう。福岡には人間は沢山住んでいるが、話し手にとって関係の深い福岡の人と言えば、その人しか居ないからだ。もっと昔の話をすれば、「六波羅殿」、「鎌倉殿」などもこの類の使い方であろうが、こちらの方は婉曲という意味もあるのだろう。一方で、掲出歌の「七階」には「友」の含羞の気持ちも少し含まれているように思える。

掲出歌、まず〈七階〉と普通の数詞を山括弧で囲むことによって、その数詞には特別の意味が含まれていることを示唆し、さらに「が」まで含めて普通の括弧で囲み、その括弧内が「友」の発言内容であることを示すという構造になっている。若い女性同士の職場における屈託のない会話が巧みに表現されている一種である。文体の構造はややこしいが、意味は明確で、若い女性らしいきびきびした印象も受ける。

抱きたり赤児と同じ熱を持つコピーしたての会議資料を
ダンナとか保育園とか保険とかさういふ会話はあとでやってよ
ひきました。仕事に支障はないけれど君が少しは心配する風邪

2016/10/19

父の口に運ぶ白粥ほろほろとこぼれてしまう白はせつなし

石川浩子『坂の彩』（二〇一六年、ながらみ書房）

歌集のタイトルは「さかのあや」ではなくて、「さかのいろ」と読むようだ。作者は父の介護をしている。父にスプーンなどで粥を食べさせているのだが、なかなか飲み込めない父は粥でさえほろほろと零してしまう。父の余命がいくばくもないことを作者は知っているのかも知れない。その父に粥を食ませることは切ないことであろう。その切なさの象徴が粥の白さなのである。

考えてみると、白は実に切ない色なのだ。結婚するときは白無垢を着る。結婚はこれからの幸せへの期待であると共に、これまで睦んできた家族との別れでもある。また、降伏するときは白旗を掲げる。これも非情な戦闘の終焉であると共に、これからの過酷な捕虜生活の始まりをも意味する。特に旧日本軍の場合は、降伏は死に勝る耐え難い屈辱だった。更に、人の一生が終わったあとの死に装束も白である。一般的に、白には純粋、無垢といったイメージがあるが、一方で、こう見てくると、悲しみ、切なさの象徴でもあると思う。

掲出歌の印象は切なさと共に限りない美しさも感じる。状況は説明されてないが、恐らく病室の中で、朝食であれば、窓から明るい日差しが差し込んでいるかも知れない。朝の日差しに温かい粥の白さが輝いている。その白の輝きが美しければ美しいほど、遠からず訪れる死との対比が際立って、一層切なさが増す。「ほろほろと」というオノマトペもその切なさを増幅しているようだ。事実の説明が四句目で一旦切れて、結句で作者の内面の吐露が添えられている構造の作品である。

なめらかに髪洗われて秋の陽は舌先のようにわれにやさしき

点滴の、酸素のチューブ最後まで拒みて父は春に逝きたり

特快を選んで急ぎ乗るという能力いつまでも身につかずおり

2016/10/21

衣着けし犬がひかれてゆく土手に野良犬が首をあげて見てゐる

志垣澄幸『日月集』(二〇一四年、青磁社)

興味深い場面に注目している。最近、犬や猫に様々な服を着せて散歩させている姿を見ることが多い。動物に服を着せる理由は幾つかあるのだろう。まず、暑い地方が原産の犬や猫を日本へ連れてきて飼育しているので、冬は防寒をさせるという理由があろう。もう一つは、単に飼い主がこんな服を着せれば可愛いからという全くの飼い主側の情緒で着せている可能性もあろう。しかし、元々犬や猫は裸で何万年も生きてきたのである。そもそも当の犬や猫はどう思っているんだろうか。喜んでいるのか、それとも迷惑がっているのか。そして、当然のことながら、人間に飼われていない犬や猫は服を着ていない。

この一首、服を着た、いや、着せられたと言った方が適切かもしれない犬が飼い主に引かれて土手道を散歩している。「ひかれてゆく」という表現が入っているので、今日の散歩をあまり喜んでいないのかも知れない。犬だって、時には散歩に気の乗らない日だってあるだろう。しかし、悲しいかな人間の言葉が話せないので、気乗りでないことを多少態度では示すのだが、鈍感な飼い主はそれを意に介さないで、日課だからという理由でいつものように散歩に連れ出す。「ひかれゆく」という表現にその辺りの事情がかすかに滲んでいるような気もする。

一方、様々な事情から人間との積極的、持続的な主従関係を絶った犬、即ち、野良犬は服を着ることも、引かれていくこともない。勝手気まま、自由奔放、独立独歩である。しかし、その代償として、寝ぐらや食料を自分の才覚で確保しなければならないという苦難を背負うことになった。どちらが幸せなのだろうか。

引用歌の野良犬は服を着て引かれてゆく飼い犬をどのような気持ちで見ているのであろうか。人間に可愛がられて、住む場所も食料も支給されている生活を羨ましいと思っているのであろうか。それとも、人間に従属し、自由を売り渡し、野生動物としての誇りを捨てた同族を憐れんでいるのであろうか。「首をあげて」という表現には、そんな矜持が見て取れないこともない。しかし、作品はどちらとも言っていない。或いは、犬たち自身は何とも思っていなくて、そこに何らかの意味を求めようとするのは我々人間だけなのかもしれない。

けふはまだ死は遠き日に思はれて海外旅行などを思へり
総菜屋に行くときもさうその昔教師だつたとふことが束縛す

犬に寄りてなにかもの言ふ男あり犬も人間のやうに聞きゐる

2016/10/24

漂へるたましひのかたちエシャロットの若根をきざむ桜まふ午後

桑山則子『まつり』（二〇一三年、角川書店）

作者は歌の素材として一貫して「桜」を追及してきているが、これはエシャロットという西洋野菜と桜の取り合わせである。エシャロットはネギ属の多年草であるが、中東原産で、十字軍がヨーロッパに持ち帰ったと言われている。因みにエシャロットという名称は中東の都市アシュケロンに由来する由である。イランでは刻んでヨーグルトと混ぜて、ケバブの付け合わせなどにしている。

エシャロットの根の部分の形はラッキョウに少し似ているがそれよりは長細い。漫画の吹き出しの部分を長くしたと言ったらよいだろうか、一端が丸みを帯びていて、反対側は細くなっている。それは見方によっては、我々が何となく抱いている魂の形のイメージに見えるだろう。勿論、魂は目には見えないものであるが、漫画などでは、人間から魂が抜ける時にエシャロットをもう少し短くした形の魂の絵が描かれることが多い。作者がエシャロットを刻みながら、それが「漂へるたましひのかたち」と捉えたことは十分に肯える。

ところで、これは誰の「たましひ」なのだろうか。読者は自由に想像していいだろうが、この作品が「ヒマラヤ杉」という小題の中に収められており、この一連はチベット暴動のことを歌っているので、中国の「鎮圧」によって命を失った若者たちの「たましひ」のように読めてしまう。人権を要求して命を落とした人たちの「漂へるたましい」と、日本の一角で食事の準備のためにエシャロットを刻む作者、その二者を結ぶイメージは美しい桜吹雪なのだ。

いま一度正面の顔にあひ対ふ阿修羅合掌薄闇に立つ
風たちてさくらふりくる風やむになほふりやまずわれたちつくす
つよからぬ風の流れに棚びける山桜そのはなびら薄し

2016/10/26

新しき眼鏡にせんと思いおり苦しみてもの書きたるのちに

千々和久幸『水の駅』（二〇一一年、短歌新聞社）

上句と下句は因果関係があるのだろうか。もし、あるとすれば、眼鏡の度が合わなかったから、原稿用紙が見えにくく、或いはパソコンのキーボードやモニターが見えにくく、原稿を書くのに、或いは入力するのに、苦しんだということになる。それは確かに同情できる。眼鏡というものは、作った時にはベストの状態でも、年月が経つうちに本人の方の近視や遠視が進んでいき、やがて見えにくくなってくる。そうなるとその時の眼の状態にあった眼鏡を作り直さなくてはならない。そうやって眼鏡屋は潰れることなく繁盛していく。

上句と下句との間に直接的な因果関係がないと仮定すれば、原稿を書く、或いは打つのに苦しんだ理由は、眼鏡のせいではない。難しいテーマを与えられた、判らない歌集の書評を頼まれた、体調が悪いのに締め切りが迫っている、等々の理由で作者は執筆に苦しんでいる。しかし、作者は苦しみながらもようやくそれを書き終えた。苦しんだ理由が眼鏡のせいではないにしても、作者はふと新しい眼鏡を買おうと思った。気分転換のためか、それとも苦しむ程ではないが、最近、眼鏡が合わなくなってきていることを思い出したためか。どちらかと言えばこちらの方が詩になる。

作者に聞けば、どちらかということは判るだろう。しかし、短歌では、「本当」のことが分かっても仕方がないこともある。提出された作品、それを読者がどう解釈するかは読者に委ねられている。

時計屋の時計が異なる時指すを何か不幸のごとく見ていつ
信号を渡れる春の人の背をこころ解《ほど》きて眺めていたり
空仰ぎ傘を開きてホテルより出張者らが出勤しゆく

2016/10/28

僕らには未だ見えざる五つ目の季節が窓の向うに揺れる

山田航『さよならバグ・チルドレン』(二〇一二年、ふらんす堂)

歌集名の「バグ・チルドレン」とはどんな意味なのであろうか、穂村弘の解説にも作者の後書にも直接的な説明はない。「バグ」とはもともとは虫の意味であるが、転じてコンピューター・プログラムの誤りや欠陥を意味する。バグがあるとプログラムは正常に作動しない。従って「バグ・チルドレン」とは、〃普通の社会生活が困難な子供〃というような意味なのであろうか。

季節には春夏秋冬の四つがある。しかし、作者は「五つ目の季節」があるのだと言う。春夏秋冬以外の季節が。春夏秋冬の四つの季節が巡るのは自然の摂理である。そのことに誰も疑問を持たない。しかし、この作者はそのことに疑問を持ったのだ。五つ目の季節があるに違いない。誰にも見えないけれどそれは確かにあるはずだ。春の桜、夏の入道雲、秋の紅葉、冬の雪のような誰にでも見える季節の象徴があるが、その五つ目の季節の象徴は何だろうか。それは誰にも見えない。しかし、「未だ見えざる」という表現には、それはいずれは見えるはずであるという確信が感じられる。

下句の「窓の向うに揺れる」という表現も深い意味を潜めているようだ。「五つ目の季節」は、窓の向うにあるように、直接感じることは出来ない。しかも揺れているという。「五つ目の季節」はそんな不確かさ、もどかしさなのでもあるのだ。

現代という時代は青年たちにとって生き難い時代なのだ。就職難、結婚難、生活難。育児難、介護難、様々な困難の中で彼らはあえいでいる。多くの若者はあえぎながらも必死で生きている。そんな中でごく少数の者は社会規範を逸脱し、まだある者は自らを社会から閉鎖していく。しかし彼らはその生き難い現代社会の外側に何かを感じ、それを希求しているのだ。容易には確かめることが出来ないその何かは、〝窓の向うに揺れている五つ目の季節〟のように頼りないものだが、しかし、確かに存在するはずなのだ。この歌集には、そんな現代の若者の叫びや希望や本音が満ちている。

ああ檸檬やさしくナイフあてるたび飛沫けり酸ゆき線香花火
鉄道で自殺するにも改札を通る切符の代金は要る
くれなゐをいまだ知らざる脱脂綿ねむれる薬箱をかかへて

2016/10/31

六月の雨吸ひつくしたる量感に山あり山の木木は立ちたり

三﨑澪『日の扉』（二〇一六年、短歌研究社）

作者は一九二〇（大正九）年生まれとある。現在、高齢の歌人としては岩田正（大正十三年生れ）、岡野弘彦（大正十三年生れ）、春日真木子（大正十五年生れ）などが思い出され、それぞれまだ矍鑠と作歌を続けておられるが、この作者も、そのような歌壇の最高齢者の一人なのである。現在もなお精力的に作歌を続けつつ、伝統ある結社「ハハキギ」を率いている。

かつて短歌は貧困と病気が大きなテーマであった。現在でもそのテーマは消滅したわけではないが、むしろ介護や自身の老いが大きなテーマとなりつつある。歌人の高齢化というのはかつては土屋文明など稀な例もあったが、現在は層として高齢化しつつあると言えよう。人類が層として高齢化していくことは、人類史上初めて経験することであり、社会保障の面からも大きな課題である。歌人にとっても、自らの老いをどのように歌っていくのかは、かつての貧困や病気と同じように、大きなテーマとして考えていかなければならないことになりつつある。

しかしながら、この作者の作品に老いの影はない。驚くほど作品に力が漲っている。上句にはみずみずしくてたっぷりとした豊かな量感が表現されている。「山あり山の」というリフレインにはきびきびとした若さを感じる。更に下句の簡潔な表現には力強さが満ちている。まるで青年が作った作品のような印象を受ける。作品の若さは年齢によるものではない。精神の持ちようなのだとこの作品につくづくと感じる。

美しきその喉元をたゆませて羽繕ひする鳥まだ去らず
庭に水撒くのみのわが労働をねぎらひくるる風の中にをり
めぐりゆく園生の道のいづくにても見上ぐれば見ゆひとはけの雲

2016/11/02

桜咲くこの序破急にうつつなく残り少き時間割きをり

新井瑠美『霜月深夜』（二〇一六年、青磁社）

序破急とは元々は日本の舞楽から出た概念である。「序」が無拍子かつ低速度で展開され、太鼓の拍数のみを定めて自由に奏され、「破」から拍子が加わり、「急」で加速が入り一曲三部構成を成すという。そこから転じて、現在では舞楽以外の芸術、文学などの分野でも使われている言葉である。

桜が咲くことで言えば、「序」とは蕾の段階であり、咲き始めると「破」となり、散り始めると「急」なのであろう。確かに、蕾の段階では、これからの開花を予告するものであり、開花ということは何かを破るという印象がある。そして、桜は散り始めると急ぐようにあっという間に散ってしまう。桜の開花から散るまでを「序破急」と例えたのはなるほどと思う。しかも初句で「桜咲く」と状況を提示し、それを「この序破急」と受ける文体の構造はなかなかの力を感じさせる。ひょっとしたら、作者は自分の人生を振り返って、その波乱を桜の花に重ねているのかも知れない。少女期の序、大人になってからの破、そして、老いを深めている現在の急を。

下句は、自分はもはや老人となったが、恍惚のうちにその桜を見ているということであろう。「時間割きをり」が結句に置かれているので、作者はここを強調したかったのだろう。自分の残り時間を考えた時に、もっともっとやっておかねばならないことは沢山あるのに、自分はその貴重な時間を桜の花を見ることに割いているのだという。しかし、読者としては、作者の人生の後半のひと時を、美しい桜の花が飾ることになぜか救われるものがある。

刈り残されし蒲公英ひとつが芝のうへ臆面もなく異種が根を張る
渓谷をおほふ樹林のそのひとつ合歓の枝葉が空に貼りつく
何ごともボタンを押して用の足る世である人の消えゆくときも

2016/11/04

磨かれて柱時計は帰り来ぬ。なほ聴き継がむ、家の鼓動を

高島裕『饕餮の家』（二〇一二年、TOY）

最近は柱時計のある家は少ないのではないかと思うが、少し前まではどこの家でも柱時計があった。茶の間の柱に掛けられており、定期的に捻子を巻かなければならない。少し狂ったりすると、ラジオの時報に合わせてそれを修正するのは大体が一家の主の仕事だったように思う。住宅事情の悪い時代では子供たちの部屋がある家は少なく、茶の間で家族は食事をし、父親は新聞を読み、母親は裁縫をし、子供たちは宿題をしたりしていた。家族の誰からも柱時計は見えた。家族の生活のリズムは柱時計によって統べられていたといってもいいかも知れない。いわば柱時計は家の象徴であったのだ。

掲出歌は連作の中の一首であるが、他の作品から推測できる事情は、昭和五十三年に作者の亡父が柱時計を買ってきた。その時の父は六十歳であり、ポマードが匂った。その父が自転車に乗せて持ち帰った時計がついに動かなくなり、修理に出したのだ。修理期間中、作者は習慣で一日に何度も柱時計の掛かっていた所を見上げてしまうという。その時計が修理を終えて戻ってきた。全体の分解修理をしたのだろうか、外観も磨かれて帰ってきたのだ。

亡父との思い出に満ちたその柱時計の音を作者はこれからも聞き継ごうと言っている。「む」という意志の助動詞が、その決意の強さを表している。そして、その柱時計の音は「家の鼓動」だとまで言っている。柱時計は「家」の象徴であり、その音は「家の鼓動」なのだ。「家の鼓動」を聴き継ぐということは、これからも自分の生まれ育ったその家を守っていこうという意志に他ならない。

作者は富山県で生まれ育ち、京都の大学で哲学を学んだ後、上京し、作歌を始めた。しかし平成十四年に帰郷し、現在に至るまで個人誌や同人誌に拠って作歌を続けている。帰郷の理由は明らかではないが、強い決意があったのだろう。現代では希薄になった家意識を強く持ち続けている作者なのだろう。因みに、作者の住む富山県の持ち家率は秋田県に次いで全国第二位の由であるが、そのようなことも作者の意識に関係があるのかもしれない。「磨かれて」という表現はもちろん柱時計のことであるが、作者の心とどこかで重なってしまう。どの作品もかすかな陰影と苦渋の影を帯びながら、深い透明感を湛えており、抒情的である。

地獄とは何なのだらう、これの世の地獄を知りて四十歳《しじふ》となりぬ
粉雪に煙る雪原《ゆきはら》駆け抜けて行けども行けどもふるさとの中
うつすらと海彼に泛ぶ立山をたしかめあへり、光降る中

2016/11/07

午睡より醒めれば窓はあかるくてときをり空は鳥を零せり

木下こう『体温と雨』(二〇一四年、砂子屋書房)

昼寝から覚めた時はどうしてあんなに淋しいのだろうか。人が働いている時間に自分は眠っていたという後ろめたさからなのだろうか。自分はこの世をしばらく留守にしたという欠落感なのだろうか。とにかく、昼寝から覚めた時はたまらない淋しさを感じる。

この作者もそうなのであろうか。「淋しい」とは言っていないが、作品には言い知れぬ淋しさが深く漂っている。窓の外が明るいのだ。朝の健康的な明るさではない。昼間のどことなく倦怠感のある明るさなのだ。覚めていきなりその倦怠感に満ちた明るさの中に投げ出されるのだ。外が明るければ明るいほどその淋しさは強くなる。

まだ完全に覚めやらぬ視線を窓の外に向けていると、時々、鳥影が過る。作者は、それを空が鳥を零していると表現した。美しい表現である。空が意志をもって鳥を零しているのだ。それも一回だけではない。時折なのだ。作者の淋しい心に空がメッセージを送っているように思える。そんな時、作者の心には淋しさと同時に少しばかりの甘美さもあるのだろう。

歌集の中には「窓」の歌が多い。作者にとって「窓」は何か特別なものであろうようだ。知り尽くした安全な内と、何が待ち受けているかわからない危険に満ちた外を繋ぐものが「窓」なのだろう。

工場の磨硝子の窓ゆるゆると閉ぢる人ありそののちの雨
うす暗い翡翠の色の窓をあけ小雨だよってあなたに告げる
ねぢれたる季節の風は窓にきて骨の色した卵を生めり

2016/11/09

滞空をきそえる雪をかきわけつ本局へ向かう速達出しに

なみの亜子『バード・バード』（二〇一二年、砂子屋書房）

作者はこの頃、奈良県の吉野に住んでいた。歌集を読むと、相当深い山の中らしい。夫の林業研修のための由である。義経の話を持ち出すまでもなく、冬の吉野は雪が深いことは想像に難くない。天から大きな牡丹雪がゆっくりゆっくり降ってくるのであろう。ある雪は比較的ゆっくりと、またある雪は風の影響でか比較的速やかに、その様子を作者は、雪たちがまるで模型飛行機のように、滞空時間を競っているのだと言う。ここには作者の自然に対する親和感が感じられる。自然の中に抱かれて、自然と一体化しながら生きていこうとする根源的な喜びが感じられる。

一方で作者は短歌を作っている。歌を作れば、結社誌なり総合誌なりで発表することになる。幸い、日本の郵便事情は諸外国に比べて良好である。日本中津々浦々いたるところにポストがあり、切手を貼って投函さえすれば、配達までに要する日数は比較的短く、滅多に郵便事故が起きることはない。

吉野の山中とは言え、ポストはあるであろう。しかし、急を要する郵便物は速達にするが、速達を受け付けてくれるのは町にある「本局」である。止むを得ない場合は山を降りて町の本局へ行かざるを得ない。冬は深い雪をかき分けて行かなければならない。親和感を抱いていた雪が、ここでは自分の目的を阻害するものとして立ちはだかる。

自然というものは人間に対して、ある時は優しいものであり、ある時は厳しく立ちはだかる。場合によっては大きな厄災をもたらす。我々は傷ついた時に穏やかな海を見て癒され、海水浴で心身をリフレッシュするが、その海は、時には大きな津波となって人間に襲い掛かる。自然と人間の関係というものはそんなものなのだろう。雪もまた同様なのだ。

職のなきおとこの焼ける柿落葉まれに炎は剝きだしてくる
ぶさいくな蜜柑にあれどわれよりも先住なれば実なりまぶしむ
鹿たちの踏み跳びわたる川の面《も》にまぎれなく水の声あぐを聴く

2016/11/11

身にあわぬ新かなのシャツとりあえず着古しゆかん選びしからは

玉井清弘『屋嶋』（二〇一三年、角川書店）

新かなを使うか旧かなを使うかは、歌人にとって重大な選択である。しかし、それが「重大な選択」であると気付いた時には、無意識のうちに選択したどちらかの仮名遣いで既に相当の歌を作ってきている。もちろん、仮名遣いを変更することに問題はないし、そうしている人もいるが、それにはかなりの決断を要することも事実である。一般的に短歌結社誌では、文語口語の混用には寛容であるが、仮名遣いは厳しく糺される。旧かなしか認めない結社もあるようだ。

旧かな派の多くは、最初は学校教育で教わってきた新かなで短歌を始め、しばらくして、旧かなの魅力に取りつかれて旧かなに変更する歌人が多いと思う。それが変更するまでの段階に至らなかった人が、新かなで作り続けているのではないだろうか。ただ、編集の立場から言えば、旧かなを選択した以上は、決して間違えないで欲しい。校正者が苦労する。若い世代の歌人の多くは、口語新かなであるが、中には口語旧かなの人もいる。彼らにとって、旧かなはある意味でカッコいいのかも知れない。もちろん、文語の若手歌人も少数ながらいることはいるが。

新かな派には新かな派の言い分があり、旧かな派には旧かな派の言い分がある。ここではその議論はしないが、掲出歌の作者は新かなである。旧かな派から新かなの弱点を指摘されると、それを認めなければならない時もあり、そのような時に、新かなを「身にあわぬ」と感じるのであろう。その居心地の悪さをここではシャツにたとえている。なかなか巧みな比喩だと思う。少し居心地が悪いが、仮名遣いを変更するほどのことでもない。一旦選択した以上、身に合わないシャツを着古すように、新かなを使い続けていこうと思っているのだ。このように仮名遣いを歌った短歌はあまりないと思うが、多くの新かな派歌人の思いを代弁しているように思える。

因みに、歌集のタイトルであるが、現在「屋島」と表記する香川県の地名である。源平の古戦場として知られているが、『日本書紀』には「屋嶋」の表記で登場する。白村江に戦で日本軍が敗退し、その後、国内の防備のために山城がいくつか築かれ、その一つが「屋嶋城」である。作者の散歩の距離内であるようだ。

人住まぬ村となりたる三年に孟宗竹は甍を破る
すきまなく天上おおう桜花　道を失う国に揺れおり
何なせるわれかわからず盃重ねすべなく酔えり桜の下に

2016/11/14

不発弾と同い年なり爆弾のとびかふ時にわれら生まれて

中野昭子『窓に寄る』（二〇一六年、角川文化振興財団）

投下された爆弾の信管が何らかの理由で作動しなかった場合、爆弾は炸裂することなく、地に突き刺さる。場合によってはそのまま地中に埋もれてしまい、そのうちに皆、終戦のどさくさの中でその存在を忘れ去って、何十年か後の工事現場で発見されたりすることがある。いわゆる「不発弾」である。日本では太平洋戦争の末期、米軍の爆撃機より日本の各地の都市や軍事施設に対して大量の爆弾、特に焼夷弾が投下され、多大の人的物的被害をもたらした。そして、それらの爆弾の何パーセントかは不発弾であったと聞く。作者は昭和十九年、兵庫生まれとある。甚大な被害をもたらしたあの神戸空襲は翌二十年春のことのようだが、とにかく十九年頃から日本の各地に沢山の爆弾が落とされていたのであろう。

自分の年齢を確認する時に、不発弾と同じ年だという発想がユニークである。作者は昭和十九年生まれであり、もう七十歳を越えている。日本のどこかの地中に今もなお眠っている不発弾と同じ歳なのだ。そう思った時に、あの禍々しい不発弾も、妙に何か親しいものを感じたのかも知れない。初対面の人でも、同じ歳と判ると急に親近感が湧くが、不発弾に対してもそんな気が湧いても不思議ではない。戦争を憎む心は心として、不発弾は物に過ぎないのだから。

一方で、下句からは、自分の人生を凝視する姿勢も感じられる。作者はまだ赤ん坊で、当時の記憶はないであろう。しかし、空襲の恐怖の中で自分を産んでくれた母親のことを思ったのかも知れない。その時の父や母の気持ち、それから、両親がどのように自分の出産のための準備をしてくれたのか。自分自身が親になり祖母になるとそんなことも想像するであろう。

夜の雲ながれるはやし人らみな振り落とされむこの地球から
羽音して見上げたるとき鳥の足が胴のなかへと引き寄せられる
しづしづと水中歩くごときなり首の痛みを運ぶ体は

2016/11/16

ほんたうは一度もできたことがない至極まともな雪だるま、他

目黒哲朗『VSOP』（二〇一三年、本阿弥書店）

歌集のタイトルについては、帯に、〝『VSOP』はVery Superior Old Pale「たいへん澄んだ古き美酒」の意である。ブランデーの成熟年数を表す符号である。今を生きていることの根源を見つめ、

その問いに立ち向かう第二歌集。〃と書かれている。師であった齋藤史の死後、拠るべき結社を失い、信州にあって、文字通りゆっくりと熟成の日々を送っている作者である。

雪国長野に居住し、しかも小さな子供を持つ作者だから、冬は雪だるまを作るのであろう。漫画などに出てくる雪だるまは、大小の完全な球形を二つ重ねて、炭団や炭などで目鼻を付けているが、実際に雪だるまを作ってみれば、決して完全な球形にはならない。最初は、手で小さな雪玉を作り、それを積雪の上に転がしながら、次第に下の雪を付着させながら大きくしていくのだが、付着する雪の量が多かったり、少なかったり、積雪の表面だけが付着したり、塊で付着したりで、出来上がりは結構いびつで、ごつごつしている。作者の場合も「至極まともな雪だるま」は本当は一度もできたことはないと嘆いている。そのことは実際に雪だるまを作ったことがある人なら十分に納得することであろう。

しかし、問題は一首の最後に、何気なく添えられた「他」の一字である。本当は一度もできたことがないのは「至極まともな雪だるま」だけではないのだということを作者は言いたいのだ。「他」とは何であろうか。例えば、職業（作者は教員）、家庭サービス、短歌の事などかも知れないし、或いはもっと他のことなのかも知れない。作者は本当は雪だるまのことよりも、その「他」のことを言いたかったのだ。しかし、そのことは一首の最後にさりげなく添えているだけである。ここを読み逃がす読者があっても、それはそれで構いませんよ、と言っているようでもある。

今年また雨水のひかり〈東京にゐた頃〉といふ痛み遥けし
馬鹿息子すぐ熱だして泣きをるにニセアカシアが濃く匂ふなり
自転車の籠で運べば三歳の娘《こ》の生意気よ花束のやう

2016/11/18

もはや神はひとを裁かぬ　自動式洗浄トイレに水は渦巻く

森井マスミ『まるで世界の終りみたいな』（二〇一五年、角川文化振興財団）

この作品には「かつて洪水は神の裁きだつた」という詞書が付されている。旧約聖書『創世記』六章〜九章の「ノアの方舟」の話を下敷きにしている。古代の大洪水にまつわる伝説や神話（洪水神話、洪水伝説）は世界中に存在するが、学者たちはそれを、ローカルな（例えば、メソポタミア周辺）レベルでの周期的な自然災害、或いは氷河が融けた当初の記憶とかで説明しようとしている。ともかくそれは旧約聖書に取り入れられた。神は地上に増えた人々の堕落を見て、それを洪水で滅ぼすと「神と共に歩んだ正しい人」であったノア（当時五〇〇〜六〇〇歳だったという）に告げ、方舟の建設を命じた。まさに洪水は神の裁きだったのだ。

しかし、現代、人間はまたも神を畏れないようになってしまった。人間はかつては神の領域であった宇宙に進出し、遺伝子の操作まで行いつつある。掲出歌の職は、そのようなことを言っているのであろう。そして「自動洗浄トイレ」という、確かに便利ではあるが、考えてみると実に摩訶不思議なものも作ってしまった。その激しい勢いで人間の排泄物を洗い流してしまう水、それは皮肉なことに、あのノアの方舟、即ち神の裁きを連想させる。上句で思惟を述べ、下句の具体的イメージでそれを受けている。巧みな一首である。

災害や戦争の惨禍が地上を覆いつつある現代社会に直面している我々の空白感を感性豊かに捉えながらも、文明の在り方に対する激しい危惧を表現しているようにも思われる。

名も知れぬ花揺れてをり詩と歌と廃れてのちの危険区域に
世界は　もうすでに奪はれてゐる　現実こそがぬかるんでゐる
妻は塩柱にされた塩は罰　なぜ土地を覆ひつくす塩害

2016/11/21

これが老残自然のさまか今の今己が事のみ関心にして

清水房雄『残吟抄』(二〇一三年、不識書院)

清水房雄は二〇一七年三月に一〇一歳で亡くなられた。「アララギ」の先輩であった土屋文明も一〇〇歳まで生きたが、清水は既にそれ以上を生き抜いた。この作品は作者が九六歳前後の時の作品である。

日本人が総体的に高齢化しつつあり、当然、歌人もその例外ではない。百歳の歌をどう作るかというのは短歌の新しいテーマと言ってもいいかも知れない。そう思ったときに、清水の作品は一つのヒントを与えてくれるのではないだろうか。桑原正紀の最新歌集『花西行』にこのような作品があった。「「老残」と自《し》を詠む清水房雄氏の梅の古木のやうな佳きうた」。桑原は掲出歌を念頭に置いていたのかも知れない。

掲出歌、自分が歌にする関心事は自分の事だけだと言い、それが老い存《なが》えた者の自然な姿なのだという。社会的なことも歌ってはいるのだが、確かに自分に関する作品が圧倒的に多いことは事実である。しかし、それがまさに「老残自然のさま」なのであろうから、そのことは十分に肯える。「老残」という言葉には淋しく惨めな印象があるが、清水はこの言葉をむしろ開き直って使っていることが、逆に痛快でさえある。こと清水に限って言えば、もう歌の内容よりも、歌を作り続けているということだけに意味があったのでないだろうか。そうは思っても、やはり清水の歌には味がある。上手いということではなく、味があるということである。桑原が「古木のやうな」と歌ったように、派手ではないが、武骨であり、存在感がある。

歌集「後記」には文章の代わりに、ただ〝第十七歌集四一〇首。「これぞといふ一首も無しに終るのか七十余年歌つくり来て」〟とだけある。清水らしい簡潔な後記だと思う。

わが歌もやうやく追憶を辿るのみ遂に避け得ぬ老残のはて
仕方なく歌詠み続けし七十余年外に為すべき事とても無く
何時何処でどんなかたちで終るのかそれのみ今の関心にして

2016/11/23

妻も子もテレビに明日の天気見る観天望気といふを知らぬか

雁部貞夫『山雨海風』(二〇一六年、砂子屋書房)

「観天望気」という言葉がある。天を観《み》て気を望むということであろうか。要は、自然現象や生物の行動の様子などから天気の変化を予測することである。世界各地に昔から様々な観天望気があるが、迷信や占いとは違う。それなりに科学的根拠のあるものが多いようだ。例えば日本では昔から、「夕焼けの次の日は晴れ」と言われるが、夕焼けが見られるのは空気中に雨や雲となる水蒸気が少ないということであろうし、「ツバメが低く飛ぶと雨」というのは、湿度が高いと虫が低く飛ぶので、それを食べるツバメも低く飛ぶから、ということのようだ。古くからの人間の経験から生まれた知識であり、特に漁師・農民・商人などには重要なものであった。現代では気象衛星を初めとする各種の科学的観測や、スーパーコンピューターの計算による予測などが幅を利かせているが、観天望気も生きている。船舶免許の試験で「現代において天気予報が発達しているために、出航にあたり観天望気の必要はない」ことの正否を問われる問題が出されることがあるという。正解はもちろん「誤り」である。

掲出歌の作者は、家族がテレビの天気予報に依存していることを怒っている。作者は登山家でもあるので、ヒマラヤなどへ行くと、通信が途絶えたりして、科学的な予報を得られない時があるということかも知れないが、もっと、人間性を置き去りにした現代文明そのものに怒っている。怒っている相手は、もちろん「妻や子」だけではないだろう。全ての現代人に対して怒っているのだと思う。結句の「知らぬか」という強い言葉が作者の深い怒りを物語っている。

地下駅の何処かで水の音がする酔ひてベンチに安らふときに
山の友らと飲むは楽しと宣ひて席立たざりきみ子なき頃は
魚の香の乏しくなりし港町犬ゐてどこ迄も吾に従きくる

2016/11/25

あじさいがまえにのめって集団で土下座をしとるようにも見える

吉岡太朗『ひだりききの機械』（二〇一四年、短歌研究社）

企業の不祥事があると、経営幹部がカメラの前で一斉に頭を下げて謝罪する。さすがに土下座まではしないと思うが、雰囲気としてはそんな感じである。当人たちの屈辱感はもちろん、彼らの家族はどんな気持ちでそれを見るだろうかと思う。それも、自分自身が関与したことならまだしも、自分があずかり知らないところで部下（それも、普段は顔も知らない）がしでかした不祥事の責任を、たまたまその時の経営幹部であるということだけで沢山のカメラの前で、それこそ土下座をせんばかりに頭を下げ、その姿が全国に放送されるのである。

盛りを少し過ぎた頃の紫陽花を見ていると、そんな記者会見の場面が重なってくるという。なるほど、確かにそのように思えてくる。「まえにのめって」という辺りはまるで打ち首の土壇場に引き据えられた罪人のようである。紫陽花の花毬を人間の頭にたとえた短歌はあるが、盛りを過ぎて自らの重さで傾いているそれを人間が集団で土下座をしている頭と見立てた作品は見たことがない。紫陽花の花という日本の伝統的な美と、集団の土下座という極めて生臭い現代的な場面が奇妙に重なって、読者に強烈な印象を与える。

下句の「しとる」などという舌足らずの表現がいかにも現代の若者らしいが、上句の「まえにのめって」辺りはリアルである。内容だけでなく、表記方法などの面でも実験的な歌集だと思う。

転送機で転送できない転送機　明日は今日より少しだけ夏
影と影かさねるための簡単な方法として抱き寄せていた
夜明け前プラットフォームはいくつかの記憶と直につながっている

2016/11/28

わが庭の薔薇垣に朝のひかり差すまさしく日食まへの太陽

木下孝一『霜白き道』（二〇一六年、現代短歌社）

薔薇を育てるのは結構手間のかかる難しい仕事である。絶えず剪定、施肥、害虫駆除、消毒などに気を配らなければならない。それだけに見事に咲いた時の喜びはひとしおであろう。ましてや作者のように垣にすると一株や二株ではないだろうから、よっぽど薔薇好きの人でなければ勤まらないのではないかと思う。

掲出歌、「薔薇垣」とだけ言っていて、花の状態は言っていないが、小振りの花が沢山咲いているような印象を受ける。そこへ明るい朝の太陽が差し込んでいる。美しい光景である。しかし、作者はその数分後には金環日食が訪れることを知っている。恐らくテレビや新聞などではその話題で賑わっているのであろう。作者もまた日食を見ようと庭に出てきたのではないだろうか。

もうすぐこの世界に「異変」が起きる直前のこの世の美しく調和のとれた光景、我々にはその数分後の「異変」を知っているからこそ、現在の眼前の朝日の差す薔薇の垣がこよなく美しく見えるのだ。古代人と違って、現代の我々は、日食が神の怒りや天変地異の予兆でないことは知っている。それでもなお、それは我々の感覚では「異変」と言っていいものであろうし、その「異変」の直前に凛と咲いている薔薇の花、それをいつもと同じ様に明るく照らしている朝の光は神々しくも美しい。この直後、しばしの時間「異変」があって、その後世界はまた通常の光景に回帰してゆく。「異変」の予感は不安ではあるが、我々はその後の元の世界への回帰を確信しているだけに絶望はしない。その少し前の「異変」を予感している美しさなのである。

日食グラスを眼《まなこ》に宛てていま七時三十四分金環を見る
かすかにいま雲の過《よぎ》るか日食の金環のひかり須臾弱まりて
薄雲の霽《は》るるたまゆら日食の金のリングの煌《きらめ》きを増す

2016/11/30

誰も弾かぬピアノとチェンバロある家で除湿機の水をせつせと捨てる

福井まゆみ『弾かない楽器』(二〇一四年、本阿弥書店)

チェンバロとはハープシコードとも呼ばれ、鍵盤楽器の一種である。形はグランドピアノに似ているが、音の出し方が全く違う。ピアノが弦をハンマーで叩いて音を出すのに対して、チェンバロは弦を鳥の羽軸などで作った爪で弾いて音をだす。西欧でルネッサンス音楽やバロック音楽で広く使用されていたが、十八世紀後半からピアノの興隆と共に音楽演奏の場から徐々に姿を消していった。現在の日本の普通の家にはまずないであろう。ましてや、ピアノとチェンバロの両方がある家とはどんな家かと思う。実は作者は音楽大学でピアノ演奏を専攻したが、事情があってプロの演奏家にはならなかったようだ。「あとがき」に「わが家には四十一年前に購入したグランドピアノと、二十九年前に特注したフレンチスタイルのチェンバロがあります。どちらも今ではほとんど弾かない楽器ですが、思い入れがある楽器なので、タイトルとしました。」とある。「特注」というのが凄いと思う。

プロの演奏家にならなかった理由は明らかではないが、かつてはそれを目指したのだと思う。夢は諦めたのかも知れないが、忘れはしていない。弾かないまま置かれているピアノとチェンバロの圧倒的な存在感がそのことを示している。室内を除湿するのは楽器の機能を維持するためだろうが、弾かないまでも楽器の機能を維持するということは、作者の気持ちを表していると思う。

多くの人は小さい時にいろんな夢を抱く。あるところまではその夢の実現のために努めるのであるが、どこかで断念する。そして、現実との折り合いをつけて、いつしかかつての夢とは無関係の人生を送るようになり、実生活の繁忙さに埋もれていく。夢がそのまま人生になる人はほんの少数なのだ。しかし、この作者はその夢を今も忘れてはいない。「誰も弾かぬ」「捨てる」といった表現はどこか淋しさを伴うが、同時に美しくもある。楽器と短歌を深く愛して止まない作者なのだ。

爪が割れピアノを弾けねば黒き粉《こ》を味醂に溶かして飲めと渡さる
チェロを売る歌は悲しい私《わたくし》は弾かない楽器を今も持ちをり
グランドピアノの羽の部分がひっかかり窓から出せない採寸すれば

2016/12/02

待ちあはせしたる子が裸子植物に見えてくるなりグリーンの服

寺島博子『白を着る』（二〇〇八年、本阿弥書店）

母親と娘というものは、よく一緒に話し、一緒に出掛ける。この一首も、外で約束をして一緒に映画を見るか、買い物をするか、食事をするのであろう。作者が先に待ち合わせ場所に着いていたようだ。そこへ娘がやってくるのが見える。そして、母親は娘がグリーンの服を着ていることに気がつく。きっと、娘のお気に入りの服なのだろう。久しぶりに母親と外出するので、気に入った服でお洒落をしてきたのであろう。

娘のそのグリーンの服を見て、作者は裸子植物を連想したという。裸子植物とは、種子植物のうち胚珠がむき出しになっているもので、古代の地上は裸子植物で覆われていたが、中生代末からは被子植物にその地位を奪われ、現在では蘇鉄類、銀杏類、松類などが残っているだけである。

グリーンの服から植物を連想するのは容易に理解できるが、なぜ裸子植物なのだろうか。現在の地上で旺盛に繁茂している被子植物に対し、比較的ひっそりと生き延びている印象がある裸子植物、それは控えめであると同時に古代から生き抜いてきたというしたたかさでもある。また、「裸」という字には、無防備という印象もある。母親の目から見れば、まだまだ精神的に無防備な娘なのかも知れない。作者は娘の控えめな強さを見抜いており、同時に、その強さは風などでも傷つきやすい無防備さであることを知っていて、もう少しだけ自分が庇護してやらなければならないと思っているのではないだろうか。

隣室に夜更けてかすかな音がするむすめが夏の羽たたむらし
海棠のさはなる赤き実を提げて帰らう母のむすめにもどり
かなしきをあまた見て来し母の目に水晶体のかげりが進む

2016/12/05

泉町大工町過ぎ坂道を下りぬ向かい風を浴びつつ

田中拓也『雲鳥』（二〇一一年、ながらみ書房）

「泉町」、「大工町」、どちらも古い城下町にありそうな町名である。作者が現在居住する水戸市にもどちらもあるようだ。「泉町」、かつては泉が湧いていたのだろうか。ロマンチックな響きがある。「大工町」はもちろん、大工さんが集中して住んでいた区域であろう。そういえば、寺山修司の作品に「大工町寺町米町仏町老母買ふ町あらずやつばめよ」というのがあった。

「坂道」はどうしても人生の比喩と思ってしまう。作者は四十代半ば、紛れもなく壮年であろう。坂道を下るというには少し早すぎるように思えるが、ある程度自分の人生が見通せてきているのかも知れない。歌集中にこんな作品もあった。「人生はながくみじかき坂道と思えば愉し　今をゆくべし」。掲出歌の「向かい風」も象徴的である。職場、家庭、短歌、それぞれの場で様々なことがあろう。順調な時もあろうが、困難なことも少なくない。それはまさに「向かい風」である。向かい風を浴びつつ、即ち、日常の困難を一つ一つ克服しつつ、我々は生きていく。描写に託して作者は自分の思いを述べたか、或いは逆に、思いがこのような光景を描写せしめたのか。

このように具体的な状況の描写に託して自分の思いを述べるというのは、短歌の基本的な作り方の一つである。この作品の場合、作者の思いは比較的容易に読み取ることが出来るが、思いが深く巧みに秘められた作品もある。そのような作品から作者の思いを読み取ることは読者として大きな喜びである。ただ、それが行き過ぎて、短歌がクイズや謎解きになってしまっては逆に短歌が狭くなってしまうと思う。

給食のプリンのようにあっけなく我の言葉は底をつきたり
まわり道ちか道ぬけ道どっちみち歩むほかなき今を生きおり
金色の稲穂の道を歩みつつ父の墓石を父と見に行く

2016/12/07

不自由な位置に貼りつきコンセント叱られつづける二十数年

冬道麻子『五官の束』(二〇〇三年、青磁社)

家を建てる時は、家具の配置や生活のパターンなどを想定してコンセントの位置を決める。しかし、実際の生活を始めてみると、必ずしも事前の想定通りとはならない。その結果、コンセントの位置が箪笥の裏側になったり、机の下になったりする。もちろん延長コードなどを使う方法もあるが、見た目がよくない。責任はコンセントではなく人間の方にあるのだが、気の毒にコンセントの方が叱られる結果となる。それも「二十数年」間も。「貼りつき」という表現が面白い。家を建ててしまった以上、コンセントの位置の変更は困難である。普通は壁に埋め込んであるが、まさに貼りついている印象がする。

この一首はそんな生活の一面をユーモラスに歌っている。しかし作者の事を少し知っていると、少し別の読み方が出来る。大岡信氏の帯文の一部を引いてみる。「青春まっただ中の時期に筋ジスを発症し、以来永らく臥床闘病中の冬道麻子。介護するのは母であり、その傍らに耳の遠くなった父もいる。悲しみも不安も味わいつくした半生だろうが、彼女の歌はその健気な向日性そのものによって、読む人の胸に深く沁みる。」

作者は、コンセントに自分自身を重ねているのかも知れない。若くして難病を発症し、以来、数十年間ベッドの上にあり、心ならずも父母の手厚い介護を受けている作者は、自分こそ「不自由な位置に貼りついたコンセント」だと思っているのかも知れない。介護する父母も次第に老いていく。老いた父母に心配と苦労をかけ、先々の不安もあろう。誰も叱りなどはしないのだが、作者は自分が神様に叱られているように思っているのではないだろうか。

しかし、作品は明るい。短歌が作者を支えている。大岡氏の帯文をもう少し引用してみたい。「歩くことさえできない人が、身近な人たちへの深く熱い思いを、抑制された表現で歌う時、短歌形式でしか表せないない種類の、生活の中に波うつ抒情がほとばしる。」

初蟬に疾く逢いたしと七月のわれは五官の束となりゆく
小鳥らのあわれ見事な生きざまよ己が骸《むくろ》を何処に隠す
日向より拾いきしとう金色《こんじき》の今年の公孫樹てのひらに受く

2016/12/09

大鍋に湯がゆっくりと沸きたつを見つめておれば一世は過ぎん

糸川雅子『夏の騎士』（二〇〇八年、角川書店）

作者は多分自宅の台所で何かを茹でるために大鍋で湯を沸かしている。鍋の中の湯が次第に沸き立ってくるのを見詰めていると、その間に一生が過ぎてしまうような気がするという。大鍋に湯を沸かすという状況設定が上手いと思う。小鍋ではあっという間に沸いてしまう。風呂であれば時間がかかりすぎるし、だいいち風呂の湯を見つめるということはあまりしない。

大き目の鍋で湯を沸かす時間はどれくらいであろうか。鍋の大きさ、その中の水の量、火力、季節等々によっても違うが、おおよそ十数分から数十分であろう。一人の人間の人生を思うのに長すぎも短すぎもせぬ程度の長さの時間である。

時間の面だけでなく、湯が沸くというイメージも人生を思わせる。常温の状態が生まれたばかりで、成長と共に水温が上り、壮年となって沸騰する。水は沸騰するとあとは蒸発するしかないので、その点では人生の終焉と重ならないようにも思えるが、最近の老人に中は最後まで元気な人も多い。助動詞の「ん（む）」には推量、意志、勧誘、仮想、当然などの意味があるが、ここでは推量又は当然であろうか。

時々、自分は専業主婦なので、生活の変化が乏しく、歌の素材がないという言い訳めいたことを聞くが、このような作品を読むと、ありふれた日常生活の中にも深い詩性が潜んでいることを知る。その詩性を見出すか否かは、まさに作者次第なのである。

「未亡人」と呼ばるる者に成り果てぬ未だ死なざる余白の白さ
及ばぬと思いて歌集を閉ずるときつるべおとしに秋の日暮れぬ
セルロイドの石鹼箱に石鹼がしろくおかれて春がはじまる

2016/12/12

食卓にこぼれて光る塩の粒、宇宙の闇をわれは想へり

杜澤光一郎『群青の影』(二〇〇八年、角川書店)

食卓に塩が零れている。少し大きめの塩の結晶が散在しているのであろう。テーブルクロス(或いは、木の肌か)の色は判らないが、それが宇宙に散在している星のように見えるのだ。その連想の飛び方が壮大であり、見事である。

あらゆる生命体は細胞から構成され、細胞はナトリウム、即ち、塩によってその機能を維持している。一方、生命体は宇宙の中で作られた。そして宗教は宇宙や生命の始まりを説く。「ロトの妻の塩柱」や「イザナギ・イザナミ」の話を持ち出すまでもなく、「塩」は宗教や神話と深く結びついているのだ。「宗教と物理学とのへだたりは僅か、宇宙の死をかたるとき」(堀田季何)という作品もあったが、宇宙の生や死を考える時、宗教と宇宙物理学とは一枚の紙の裏表なのではないだろうか。

掲出歌は、食卓にこぼれた塩の粒と、宇宙空間に散在する星々との視覚的な連想から生まれた作品だと思うが、上記のようなことを考えた時、生命の始まりと終り、極大と極小、それもとんでもないスケールの両端のような壮大な連想も浮かんでくる。深い一首である。

金魚鉢に子が飼ふたなごや鮒の類、人間《ひと》に馴れざる体《からだ》ひらめかす
鶏《にはとり》もせつなかるらむ秋日差しひた照る昼をいくたびも啼く
海を見て馬ら立ちをりつながれし馬より放牧の馬は寂しげ

2016/12/14

雑魚寝する頭跨ぎてだれかまた棺の傍に泣きにゆくらし

大衡美智子『光の穂先』（二〇一四年、現代短歌社）

お通夜での作品である。前後の作品から作者の母のお通夜と思われる。日本の仏教における通夜は、以前は線香や蠟燭を絶やさず、親族が一晩中起きて遺体を守るということが一般的だったが、最近では、この作品のように、親族が一晩中遺体に付き添うが、眠くなれば眠るということも多いようだ。また、夜半までの「半通夜」というのもあるようだ。

掲出歌では、親族が棺の周りに付き添い、眠くなれば適当に横になって眠っているのだが、時々誰かが起き上がって棺の傍へ行って泣いているという。「雑魚寝する頭跨ぎて」という表現が生々しい。棺を囲む輪の外側に寝ていた誰かが棺に近づくために、より棺に近い場所に寝ている人の頭と

頭の間の空いている場所を選んで慎重に近づいていくのだ。泣いているのだからかなり近い親族であろう。それも「また」とあるからそんな親族が何人かいるのだ。足音も泣き声も低く抑えており、作者自身も半分眠っているために、「らし」となっているのだろう。

「雑魚寝」、「跨ぎ」、「泣く」などの言葉に遺族側の生の実感が難じられる。「死」の厳粛さに対して、「生」とはこのように生々しいのだということが感じられる。

わが死者のいかな秘めごと知る花からなじを垂れて咲ける白百合
黒ずめるところ病巣とだれか言う母の形に残るしらほね
わが住所電話番号書く紙片たたまれてあり亡母の財布に

2016/12/16

当事者が切り出しくれれば長くなる無断複製をされにし経緯

篠弘『日日炎炎』（二〇一四年、砂子屋書房）

作者が日本文藝家協会理事長を務めていた時期の作品のようである。現在の文芸の世界には様々な問題があるが、その一つが電子出版に伴う著作権保護の問題である。作者は日本文藝家協会理事長として会員の権利を保護するためにしかるべき対応を取らなければならない。そのためには事実関係を明らかにする必要がある、当事者の言い分を聞いているのだ。

著作権のことに限らず、何かのトラブルでは概ね被害者の言い分の方が長くなる。自分がいかに権利を侵されて、その結果いかなに大きな損害を受けているかということを事細かに説明する。当然、相手側にも言い分はあるのだが、その言い分は一般的には被害者側ほど長くはない。裁定者としては双方の言い分を聞いた上で、場合によっては更に中立的第三者の見解も聴取して、何らかの対応を取る（或いは、取らない）。

ここでは著作物を無断複製された一人の会員がその経緯を説明しているのだが、その説明が長いという。大手出版社の役員としてビジネスの世界を生き抜いてきた作者としては内心、もっとポイントを整理して簡潔に説明してほしいと思ってるのに違いないが、内心で苛立ちつつも、とにかく当事者の言い分に耳を傾ける。そもそも多くの文芸家はそのような論点の整理が苦手である。

この作品では、電子化されてしまった時代における最も人間的な経済的権利の擁護という社会問題に素材を取りながら、同時に、人間の微妙な心理をさりげなく、しかし巧みに表現している。

まづもつて歌の調べを慈しみ添削はすべてことばを減らす
謙譲語つかはずデータのみを言ふ若きらの声は歯切れよきもの
ホチキスの針の尽きにし空しかるその手応へに気力を削《そ》がる

2016/12/19

太陽を迎える準備はできている菜の花畑に仁王立ちする

小島なお『サリンジャーは死んでしまった』（二〇一一年、角川書店）

「太陽」は明るい青春性の象徴のように思える。それを迎える準備ができているということは、青春を力いっぱい走り抜こうという率直な意志の表明のようだ。どのような試練があるにせよ、自分の力で走り抜けるという前向きの明るく強い意志である。また、「菜の花」は繊細な抒情性少女性を意味しているようだ。早春の野に咲く鮮やかな黄色の清楚で優しい印象の菜の花はけがれない少女性を感じさせる。作者はもう立派な大人の女性であるが、心の中ではそのような少女性を持ち続けているのかも知れない。一方、「仁王立ち」が勇ましい。勇壮なものへの憧憬を思わせる。仁王のような豪快な立ち方、それに象徴される男性的な存在感、自分には欠けているが故に憧れるという面もあるのかも知れない。

青春というものは実に厄介なものだと思う。限りない可能性を秘めた未来、それは自分の手でどのようにでも切り開いていける。そのための力は十分にある。どのような人生を送ることも可能性としては無限である。希望と期待に満ち溢れているのが青春である。それでいて不安感に溢れているのも青春である。未来は可能性に満ちていると同時に、全くの未知の世界である。目隠しをされたまま手探りで歩いていくような不安があるのもまた青春なのだ。大人になってから振り返ってみると、青春とは眩しくてまた同時に痛ましい時期でもあった。

「太陽」「菜の花」「仁王」、それらに象徴される相矛盾する様々な側面、それらが混然と渦を巻いているのが青春である。この一首はそれを表しているような気がしてならない。

一日の終わりに首を傾けて麒麟は夏の重力降ろす
父からのメールの口調が不器用で変だと笑う母の夕暮れ
森にきて夕立を待つこころとは初めてきみに逢いし日のこころ

2016/12/21

おおよその若き日を知る友どちと湯葉のお煮染め茶の間に食ぶ

寒野紗也『雲に臥す』(二〇一六年、ながらみ書房)

若い頃の思い出は懐かしいと同時にとても恥ずかしいものでもある。随分、無茶や無鉄砲をしてきたと思う。どうしてあんなことをしてしまったのだろうかという苦い思い出が多い。そして、そのような恥ずかしくて苦い経験の傍にはおおむね友人がいた。言い換えればそのような友、俗に言う「悪友」と連れ立ってそのようなことをしてきた。男性の場合は特にそうだが、女性の場合もあるのだろう。ただ、女性の場合は悪事の共有ではなく、もう少しほのぼのとした思い出の共有なのかも知れない。

掲出歌では、恐らくは学生時代からの友達と食事をしている。学生時代、いつも行動を共にしてきた友だろうと思う。その場で思い出話をするというのではないだろうが、それでもお互いに若き日の相手をよく知っているという意識はある。その意識がある種の秘密の共有のような連帯感、安心感をもたらす。穏やかで和やかな、そしてまた、とても楽しい時間である。

しかし、いかに旧友、親友だからと言って、相手の全てを知り尽くしているわけではない。誰にも明かさない自分だけの過去と言うものもあるのだ。〝あなたは私の若い時代のことを殆ど知っているけれど、あなたの知らないこともあるのよ〃といった気持ちもどこかにある。それが故に「おおよその」という言葉が使われている。

それにしても、そのような友と食べているのが「湯葉のお煮染め」だというのが面白い。湯葉の煮しめははんなりとして歯ごたえがあり噛み切りにくく、それでいて深い味がして、滋養によい。古くからの友というものは案外そんなものかも知れないと思わせる。

朝ごはんすぐ昼ごはん夕ごはん声を限りに舅呼ぶ姑は
いつだって留守がちの嫁と決めつけるどのみちあなたは義妹だから
白骨はやさしい音をさせているこれきりなり身体というは

2016/12/23

病廊を清掃しゆく機器の音遠ざかり日曜の夕ぐれが来る

尾崎左永子『椿くれなゐ』(二〇一〇年、砂子屋書房)

最新の清掃機械には実に様々なものがある。手押し式もあれば人間が乗る自走式もある。更に人間が操作しないロボット式もある。清掃の方法も、洗剤を吹き受けモップで吹き取るもの、ワックスを塗って磨くもの（ポリッシャーともいう）、等々様々である。大きな病院での清掃は外部の業者が入っていることが多いようだが、騒音対策、感染症対策など、他の事業所とはまた別の配慮が要求されるのであろう。

作者は夫の付き添いとして病院にいるようだ。重篤な容態なのであろう。付き添っている作者の絶望感は深い。病人が寝入ったような時を見計らって、そっと病室の外に出る。そして廊下を大きな機械が掃除をしながら通り過ぎていくのを何気なく眺めている。そこには病室の中とは違う不思議な時間が流れているようだ。人間の生と死のせめぎ合う病室の中、それとは無関係に無機質に、物理的に淡々と流れていく外の世界の時間、それは落差なのか、交差なのか、並行なのか……。いずれにせよ、病室の中と外との時間の流れの違いを実感する時に、人間は始めて生きることと死ぬことの意味を感じるのではないだろうか。

音が遠ざかるという描写が何かを示唆するようである。病人と一緒に過ごした尊い時間が遠ざかっていくイメージに重なってしまう。「日曜の夕ぐれ」という時間設定も深い意味を持っていると思う。一週間の終わりの時間なのだ。明日からは世間は再び活動を始める。しかし病人にはそのような再生は望めないのだ。淡々と描写されているが、その表現は周到な配慮によって構築されており、深い奥行きのある一首となった。

意識もどる時を捉えて無情にも事後処理のことといはねばならぬ
譫妄の間にいふきけば明晰に生産関数の数式のこと
ふいに君を悼む涙のつきあげて葉桜の舗道にわが立ちどまる

2016/12/26

死の時間近づく人に「おだいじに」とはいへぬただ礼《ゐや》にて離る

佐藤通雅『強霜』（二〇一一年、砂子屋書房）

前後の作品から叔父さんを見舞った時のことと判る。前後の作品から更に読み取れる情報は、子を持たず妻に先立たれている。かつては職業軍人でもあったようだ。重篤な容態であり、もはや回復の見込みはない。身寄りは甥である作者しかいないのであろう。主治医も「延命はどうしますか」と作者に聴くほどである。

普通、病人のお見舞いの帰りには「お大事に」と言う。しかし、誰の目にも死は目前となった人に対して「お大事に」とは何か空々しい。何も言う言葉が見つからない。その場合、ただ深く一礼をして去るしかない。
「死の時間近づく人」とは何とも直截な言い方である。しかし、この抒情を振り払ったような表現にかえって「死」への敬虔な思いが感じられる。作者は「死」の厳粛さに対して深く礼をしているのかも知れない。

結句の「離る」はもちろん、病人のもとを離れるのであるが、死に近づいている人を思いながらも、明日からも生きていかなければならない作者自身の事と重なってしまう。死は悲しいことであるが、それは誰にも避けられない事である。いずれは作者自身にも訪れる運命である。しかし、取り合えず今は生きている。明日からの生活や短歌の仕事が待っている。その思いが（病人から）「離る」という一語に結びつく。

作者は仙台にあって「路上」という個人雑誌を発行している。一九六六年に創刊したとあるから、もう半世紀も続いている雑誌である。結社誌とは違い、個人誌の継続には発行者の強い意志が必要となる。出さなければ出さないで済んでしまう。多くの個人誌がいつの間にか消えていってしまう中で、その充実した内容といい長い歴史といい、屹立した存在感を示す雑誌である。それ故に、代金を払って購入する根強いファンが多いと聞く。

ハンガーのＴシャツずらり干されをる男子《をのこ》ゐる家は海賊船のやう
紙芝居「くもの糸」もいちどたしかむるに男は金髪にて糸よぢのぼる
あかごには日のたっぷりの縁《え》側《ん》よろしガーゼの産着ひらいてやりぬ

2016/12/28

時刻表は褪せて西日に読めざりき岬の鼻に待つ風のバス

永田和宏『夏・二〇一〇』（二〇一二年、青磁社）

「時刻表」はＪＴＢ等が発行している雑誌型のあれではない。バス停留所のポールに取り付けられている、そのバス停に止まる予定時間を記している表示板のことである。有名な観光地の岬ではない。しかもバス停はその岬の先端にある。「鼻」は「端」である。物の端っこや少し出っ張った先端部分が「はな」なのである。地方の、地元の人以外は殆ど利用することのない名もない岬なのだろう。恐らく一日に数便、それもずっと改訂が行われていない。ひょっとしたら、ねじ止め部分が潮風で錆付いており、赤く変色しているのかも知れない。その時刻表の数字が色褪せており、しかも強い西日が当たっていて読み難くなっている。なんとも淋しい光景である。

「風のバス」という表現が読者の心を鷲摑みにする。風の吹く中を走行してくるバスなのだろうが、バス自体が風のような印象を受ける。それ自体は確かに存在するはずなのだが、見えにくく、摑みにくい。あっという間にどこかに消えて行ってしまうかも知れない。そんな風のようなバスなのだ。しかも時刻表の数字が読めず、いつ来るのかわからない。そもそもいつか来るのかどうかすらあやふやなバスを風の中で待っている作者の心は荒涼としている。

『夏・二〇一〇』は一冊丸々河野裕子の闘病歌と挽歌で埋められている重い内容の歌集であるが、その中にこのような初期の永田作品を思わせるような瑞々しい抒情の作品があるとほっとする。しかし、この作品もまたこの歌集の他の作品と無関係ではない。この頃の作者の深い悲しみを投影している一首なのだ。

無人駅となりて久しきホームには破れ目破れ目にをみなへし咲く
日のあるうちに帰りきたれば驚きてどうかしたのと問ふ　さうなのか
いつの間にか携帯の電池が切れてゐたそんな感じだ私が死ぬのは

2016/12/30

さ 行

た 行

な 行

は 行

索引（人名『歌集名』）

著者略歴

三井　修
1948年　石川県金沢市に生まれる
1972年　東京外国語大学アラビア語学科卒
著書　歌集『砂の詩学』（1992年）
『風紋の島』（2003年）
『軌跡』（2006年）
『薔薇図譜』（2010年）
『海図』（2013年）
第37回現代歌人協会賞（1993年）
第31回日本歌人クラブ賞（2004年）

現住所　〒277-0823　柏市布施新町1-10-6

うたの揚力――現代短歌鑑賞 155首

2017年7月21日　初版発行

著　者　三　井　　修
発行者　田　村　雅　之
印刷所　長野印刷商工㈱
製本所　渋谷文泉閣

発行所　東京都千代田区内神田3-4-7　砂子屋書房